Irene Beddies

In Krollebolles Reich

Märchen

Für
Kathrin
und
Andreas

Bibliographische Information der Deutschen
Nationalbibliothek:
Die Deutsche Nationalbibliothek verzeichnet diese
Publikation in der Deutschen Nationalbibliographie;
detaillierte bibliographische Daten sind im Internet über
http//dnb.dnb.de abrufbar.

Herstellung und Verlag:
BoD – Books on Demand, Norderstedt

ISBN 9-783-734 -781-001

Inhalt

Alka

Alka kam sehr spät auf die Zauberwiese im Wald. Die großen Drachen schauten ihn verwundert an.

„Woher des Wegs, Junge", fragte ein Feuerdrache und fauchte ihn mit seinem heißen Atem an, „was willst du in unserer Zusammenkunft?"

„Ich weiß nicht", antwortete Alka erschrocken, „ich wurde hierher bestellt."

„Wiiieee bitte??? Hierher bestellt!!! Dass ich nicht lache! Seit wann bestellen wir Kleinkinder, wenn wir etwas Wichtiges zu verhandeln haben!"

„Geh zurück zu deiner Mama", schimpfte ein Lehmdrache und schüttelte den nassen Lehm aus seinen Schuppen auf den kleinen Alka.

Alka schaute hilfesuchend zu den anderen Drachen. Ein uralter Feuerdrache, dem seine gepanzerte Haut in großen Falten vom Bauch hing, nahm den Kleinen schützend unter einen großen Flügel.

„Lasst den Kleinen in Ruhe!", befahl er den anderen. „Bevor wir nicht erfahren, wie er sich hierher verirrt hat, wollen wir ihm doch wohl keine Angst einjagen und ihn nicht fortschicken. Habt ihr keine Ehre im Leib?"

Die Drachen sahen sich ratlos an. Was hatte der Alte? Seit wann kümmerte der sich um die Brut?

„Ich bin Ulukake, und wer bist du?"

„Ich heiße Alka. Tust du mir auch nichts?"

„Warum sollte ich dir etwas tun? Nur weil die zwei ungehobelten Kerle kein Benehmen haben und nie eins hatten? Nein, ich tue niemandem aus unserem Volk etwas."

Er schob Alka ein wenig unter seinem Flügel hervor, dass alle ihn sehen konnten.

„Nun erzähle wahrheitsgemäß, wer dich hierher bestellt hat."

„Ein großer blauer Schmetterling kam gestern auf die Mauer der Burg Hochfels, wo ich wohne. Als ich mit ihm spielen wollte, weil der kleine Prinz dort Mittagsschlaf halten musste, wollte der Schmetterling nicht. Ich war traurig. Er aber sagte, er hätte eine Botschaft an mich. Ich sollte ihm folgen, nichts fragen. Und so bin ich hier."

Ulukake drehte sich suchend um, dann ließ er seinen Blick auf dem Kleinen unter seinem Flügel ruhen. Er legte sein Gesicht in strenge Falten, stieß ein wenig Feuer aus und bemerkte ernst:

„Ich sehe keinen Schmetterling."

„Nein. Der ist an der Grenze zum Wald zurück geblieben. Er hat Angst vor Feuer und Lehm. Er will dort auf mich warten."

„Und so einen Quatsch sollen wir glauben?", murrten einige.

„Wir werden das prüfen", versprach Ulukake. Er stampfte mit einem Vorderhuf auf den Boden. Ein Fuchs erschien.

„Lauf an den Waldrand und suche einen großen blauen Schmetterling. Frage ihn, ob er einen kleinen Drachen hierher begleitet hat."

Der Fuchs verschwand und kehrte schon bald mit der Nachricht zurück, dass alles so war, wie Alka es erzählt hatte.

„Was aber soll er hier?" fragten mehrere Drachen auf einmal.

„Ich weiß es nicht", beteuerte Alka, „ich weiß es wirklich nicht. Ich bin müde. Meine Flügel tun weh. Darf ich etwas schlafen?"

Ulukake beauftragte einen Bären, den Kleinen sanft zu dem Felsen am Rand der Wiese zu tragen und ihn dort hinzulegen.

Alka schlief sofort ein. Er bekam nichts mit von der aufgeregten Diskussion über ihn am anderen Ende der Wiese. Fast wären ein paar der älteren Drachen seinetwegen aneinander geraten, aber Ulukake konnte immer wieder den Frieden herstellen. Seltsamerweise beugten sich alle seinen Argumenten und Bitten. Sein Alter und seine Klugheit flößten ihnen Ehrfurcht ein.

Es wurde schon kühl und dämmerig.

Sie hatten sich geeinigt, den Kleinen zu dulden, wo er doch nun einmal da war. Sie wollten sehen, welche Aufgabe ihm zugedacht war.

Alle bewegten sich zu dem Felsen, neben dem der Bär geduldig ausharrte, den kleinen Drachen festzuhalten, falls er im Schlaf herunterzufallen drohte.

Ein Schrei aus vielen Kehlen weckte Alka.

Das Feuer, das sie vor Erstaunen ausspien, und der Lehm, den sie schüttelten, machten ihm Angst. Er wollte vom Felsen herunter, aber der treue Bär hielt ihn fest.

Da erst gewahrte Alka, dass der Felsen im Schein der Feuer blinkte und blitzte. Er war mit Gold überzogen.

„Was ist geschehen?", fragte er in die Runde. Tiefes Schweigen antwortete ihm.

Tolku, ein riesiger Lehmdrache, trat schließlich vor, verbeugte sich tief und stieß mit tiefer Stimme hervor: „Heil unserem neuen König!"

Erstaunt blickte Alka sich um. Nach und nach verbeugten sich alle Anwesenden vor ihm. „Hoch, hoch", kam es erst zögernd, dann riefen es alle.

„Neeiin!", gellte Alkas vor Angst schrille Stimme über die Versammlung. „Nicht ich, bitte, bitte! Ich habe Angst. Ich bin doch viel zu klein. Ich weiß nichts von dem, was Könige tun. Ich weiß nichts von Recht und Unrecht." Er weinte fast. „Ich will wieder nach Hause und mit dem kleinen Prinzen spielen. Er ist so lieb zu mir. Ich hab versprochen, ich komme wieder und geh mit ihm in die Schule." Alka brach wirklich in Schluchzen aus. „Kann nicht einer von euch König sein an meiner Stelle?"

Die Feuerdrachen und die Lehmdrachen sahen sich betreten an.

Tolku, der Lehmdrache, ergriff als erster das Wort. Er rief mit klarer Stimme: „Sind wir nicht hier zusammen gekommen, um uns auf einen neuen König zu einigen?" Er machte eine Pause. „Musste uns erst dieses kleine Drachenkind den Weg dazu weisen?"

Als ihn viele verständnislos anstarrten, meldete sich ein mittelgroßer Feuerdrache zu Wort. „Tolku hat recht. Wir waren zerstritten. Wir konnten uns nicht einigen. Jeder wollte einen aus seiner Sippschaft als König, weil er sich davon Vorteile erwartete. Dieser Dreikäsehoch aber wollte nichts als das, was seinem Alter und seiner Art entspricht."

„Als er auf dem goldenen Felsen saß, haben wir alle unsere eigensinnigen Wünsche vergessen, geblendet von dem herrlichen Anblick. Wir haben gegen jede Erfahrung einem Kind gehuldigt. Wie töricht!", schleuderte ein Dritter seine Worte in die Runde. „Wir sollten daraus lernen!"

„Lasst uns den Weisesten unter uns zum König wählen", schlug ein gerade erwachsen gewordener Lehmdrache vor. Und so wählten sie einstimmig Ulukake zum neuen König.

„Ich nehme eure Wahl an", sprach der feierlich, „ich will ein gerechter und gütiger Herrscher sein bis an mein Lebensende." Er schaute sinnend in die Runde. „ Um eins möchte ich schon jetzt bitten: lasst uns mit den Menschen Frieden schließen oder ihnen aus dem Wege gehen, bis die neue Generation junger Drachen heran-gewachsen ist, die jetzt bei ihnen wohnt und offenbar dort gut aufgenommen ist."

Alka verbrachte die Nacht mit dem neuen König, der ihm viele Fragen über die Menschen und ihre Tätigkeiten stellte. Alka erzählte vom Prinzen, seinem Spiel-genossen, dem Schmied, der Küchenhilfe, dem Hüte-jungen, beschrieb den König und die Königin, berichtete vom letzten Burgfest.

Am Morgen flog er, geführt von dem blauen Schmet-terling, zurück zur Burg.

Der kleine Prinz stand im Hof und umarmte ihn, als er landete.

Der blaue Schmetterling verschwand unbemerkt und wurde nie wieder gesehen.

Die Eichlinge

Vor langer Zeit lebte vor unserer Stadt am Rande des Waldes eine seltsame Familie. Vater und Mutter waren arm. Verzweifelt waren sie nicht, denn sie hatten ein winziges Häuschen geerbt, in dem sie Schutz fanden. Es bestand aus einem größeren Raum, in dem der Herd stand. Das Bett der Eltern befand sich ebenfalls darin.
Der Vater ging einer Beschäftigung nach, von der selbst die Mutter nicht wusste, worin sie bestand. Darüber bewahrte der Vater eisernes Schweigen. Manchmal brachte er Geld nach Hause. Das half.

Großen Kummer bereitete der Mutter, dass ihre beiden Zwillingsjungs, denen sie den kleineren Raum überlassen hatte, nicht wachsen wollten. Obwohl sie schon fast zehn Jahre alt waren, behielten sie die Größe von Einjährigen. Sie erfreuten sich großer Freiheit, denn die Schule wollte sie nicht aufnehmen. Man traute ihren wegen ihrer zwergenhaften Größe keinen Verstand zu. Ehrlichkeitshalber muss man sagen, dass die beiden Schlingel sich jedes Mal völlig dumm und kindisch gebärdeten, wenn sie wieder einmal von ihrer Mutter zum Unterricht angemeldet wurden.
Und Schlingel waren sie, da gab es keinen Zweifel!
Da sie so klein waren, doch all die Fähigkeiten besaßen wie andere Kinder ihres Alters, vielleicht sogar sehr viel mehr, konnten sie Dinge tun, ohne entdeckt und zur Rechenschaft gezogen zu werden. Sie spielten arge Streiche in den Häusern des Städtchens. Die Leute glaubten damals noch an Geister. Sie schoben jedes

Ereignis, das sie sich nicht erklären konnten, auf böse Mächte.

Eines Tages wollten die Buben ihrer Mutter einen Streich spielen. Sie bauten aus Reisig und Lumpen eine Gespenstergestalt mit einer Laterne hinter dem Häuschen, um sie gehörig zu erschrecken.

Am Abend zündeten sie den Kerzenstummel in der Laterne an. Sie riefen die Mutter aus dem Haus. Aber ach! Der Kerzenstummel war sehr klein, hatte die Laterne verbrannt und die Gespensterfigur erfasst. Bald stand das Dach über der Kammer der Zwillinge in Flammen.

In dem Moment kam der Vater. Er sah die Gefahr, zögerte keinen Moment und spuckte in die Flammen. Sie erloschen sofort.

Mit offenem Mund schauten die Schlingel ihren Vater ängstlich an.

„Wenn ihr glaubt, ich wüsste nicht, wer für all die Streiche in der Stadt verantwortlich ist, so habt ihr euch gründlich getäuscht. Hier helfen keine Prügel mehr."

Die Zwillinge wurden noch ein wenig kleiner, als sie ihre Köpfe einzogen und auf ihre Strafe warteten.

Zwei Tage geschah nichts, der Vater war wieder nicht zu Hause geblieben. Mit einer großen Schaufel auf dem Rücken kehrte er zurück.

„So, nun kommt", wandte er sich barsch an seine Söhne. Er drehte sich um und ging mit großen Schritten in den Wald. Die Schlingel folgten ihm, wenn auch der Abstand immer größer wurde. In der Ferne blieb der Vater vor einer mächtigen Eiche stehen.

„Hier werdet ihr euer Leben von nun an verbringen bis ihr erwachsen seid. Bis dahin dürft ihr nicht aus dem Wald heraus. Ihr werdet sterben, wenn ihr es wagt." Er drehte sich um und war verschwunden.

Die Zwillinge erkannten, dass zwischen dem Wurzelwerk der Eiche eine Höhle für sie geschaufelt war. Einfache Möbel standen darin mitsamt den nötigsten Dingen, die sie zum Leben brauchten. Was blieb ihnen übrig, als sich allmählich die Wohnung wohnlicher zu machen, das tägliche Essen mit Sammeln und Jagen herbeizuschaffen. Sie hatten gar keine Zeit mehr zu Spiel und Streichen. Wen sollten sie denn auch durch Streiche ärgern?

Mit einigen Tieren des Waldes freundeten sie sich an: mit einem Fuchs, der nicht mehr gut sehen konnte, auf dessen Gehör Verlass war, mit zwei Mäusen, die ihre Wohnung teilen durften, mit einem Eichhörnchen, das für sie auf die Bäume kletterte, um sie mit Eiern zu versorgen. So lebten sie sieben Jahre.

Größer wurden sie nicht.

Eines Tages trafen sie beim Pilzesammeln auf ein junges Mädchen. Es war in den Wald geflohen, weil es als Hexe verbrannt werden sollte. Diesem Mädchen erklärten sie, wie man im Wald überlebt. Sie dagegen brachte ihnen ihre Kenntnisse über die Heilkraft der Pflanzen bei.

Als der König des Landes schwer krank wurde, keine Ärzte ihm helfen konnten, wollte er sein Leben wegwerfen. Er wankte in den Wald, um wie ein wunder Hirsch in aller Heimlichkeit zu sterben. Die Zwillinge, die nun erwachsen waren, entdeckten ihn. Sie sahen, wie er litt, und holten ihre getrockneten Pflanzen herbei. Das Mädchen kam dazu und sang seltsame Lieder.

Der König fühlte neuen Lebensmut. Bald war er geheilt und kehrte auf sein Schloss zurück. Die drei Menschen, die ihn gesund gemacht hatten, lud er ein um ihnen öffentlich zu danken.

„Ich danke euch von Herzen und schlage euch tapfere kleine Waldmenschen zu Rittern. Ich schenke euch den Wald. >Eichlinge< sollt ihr und eure Nachkommen fortan heißen."

„Und unsere Freundin?", fragten die neu ernannten Ritter.

„Sie ist vom Vorwurf der Hexerei frei und kann wieder unter uns leben."

Das Mädchen aber zog es vor, im Wald zu bleiben. Und so blieben auch die Zwillinge im Wald.

Ihre Nachkommen gibt es bis heute noch. Sie wurden von Generation zu Generation immer kleiner. Falls ein Mensch sich in den Wald verirrt mit einem Leiden, hilft ihm einer aus dem Geschlecht der Eichlinge. Manchmal kommt noch ein Mädchen dazu, das schön wie eine Fee ist.

Wo wohnt Rumpelstilzchen?

„Wenn ich doch nur wüsste, wo Rumpelstilzchen wohnt", stöhnte Heiner zum dritten Mal.

„Was willst du denn vom Rumpelstilzchen? Das ist lange tot, hat sich selber zerrissen, als es halb in der Erde steckte." Paul war empört, dass sein Freund das nicht wusste. Las der denn keine Märchen?

„Ach was. Die Berichte darüber haben damals übertrieben. Sicher ist nur seine Kleidung zerrissen. Es wird auch wieder aus der Erde gekommen sein und nun im Wald fröhlich leben."

„Heiner, nun sag doch endlich: was willst du vom Rumpelstilzchen. Du hast doch kein Stroh, das es zu Gold spinnen könnte!"

„Nee, das soll das Rumpelmännchen ja auch nicht tun."

„Aber was dann?"

„Ich brauche dringend Geld", vertraute Heiner seinem Freund an. „Niemand will mir etwas leihen...es ist ja auch eine große Summe."

Paul bekam seinen Mund nicht wieder zu. Seit wann kümmerte sich Heiner um Geld? Er hatte schließlich alles, was ein Mensch zum Leben braucht: ein Häuschen eine Mutter, die ihn bediente, gelegentlich eine Arbeit, die ihm Geld einbrachte und eine Kuh.

Die Freunde gingen eine Weile stumm nebeneinander den Waldweg entlang, jeder hing seinen Gedanken nach. Heiner allerdings spähte ab und zu unter die großen Eichen, ob er nicht vielleicht dort die Hütte des Rumpelstilzchens erkennen konnte.

Endlich fragte Paul: „Wozu brauchst du denn viel Geld?"

„Das geht niemanden etwas an…..Aber du bist mein Freund, ich will es dir verraten."

Wieder schwiegen beide ein wenig.

„Also gut. Ich will das schöne Mädchen vom Schloss heiraten."

„Die Prinzessin?"

„Ob sie die Prinzessin ist, weiß ich nicht. Ich weiß nur, dass sie schön ist. Sie hatte ein langes silbernes Kleid an und saß auf einem Pferd."

Paul staunte schon wieder mit offenem Mund. Heiner wollte heiraten, weil er ein unbekanntes Mädchen auf einem Pferd gesehen hatte?

„Kannst du denn reiten?", fragte er schließlich.

„Ich?" Heiner war etwas unwirsch. „Warum sollte ich reiten können?"

„Na, wenn du das Mädchen heiraten willst, musst du das können, denn sie will sicher, dass ihr gemeinsam ausreitet. So ist das in der Regel bei reichen Leuten."

„Dann muss sie eben mit mir im Park spazieren gehen. Wenn sie meine Frau ist, muss sie gehorchen."

„Und was ist, wenn sie dich nicht will?", wandte Paul ein, „du hast sie doch sicher noch nicht gefragt."

„Nein, natürlich nicht, ich hab sie ja erst einmal gesehen. Dafür will ich das Geld vom Rumpelstilzchen!"

„Wieso?"

„Weil ich neue Kleider will und eine Kutsche brauche."

„Hmmm", überlegte Paul. „Was willst du denn dem kleinen Kerl geben oder für ihn tun, damit er dir das Geld zaubert?"

„Geben kann ich ihm nichts, ich hab ja nicht viel. Vielleicht nimmt er meine Mutter, die kann gut kochen."

17

Paul lachte laut heraus.

„Lach nicht! Von der Müllerstochter wollte er das Kind. Warum nicht meine Mutter, die ist schlauer als ein Kind."

Jetzt gingen sie hintereinander. Jeder schaute auf einer Seite des Weges, ob er die Hütte eines Zwerges oder so sehen konnte. Sie fanden etliche Fuchsbauten, ein Krähennest, das vom Baum gefallen war, Mauselöcher. An einem alten hohlen Baum blieben sie stehen. Sollten sie?

„Hallo, Rumpelstilzchen!", rief Heiner zaghaft, „zeig dich und komm raus, bitte!"

Als sich nichts rührte, fiel Paul auf, dass vor der Höhle kein Anzeichen für ein Feuer zu sehen war. Hatte das Männlein nicht immer um ein Feuer getanzt?

„Hier ist niemand", stellte er fest.

„Bist du sicher?"

„Ja klar, kein Feuerstelle, kein Rumpelstil…"

Ein wütender Bär kam aus der Höhle. Die Freunde rannten um ihr Leben.

„Dämliches Pack", brummte es unter dem Pelz, „Das Rumpelstilzchen ist doch nicht für alle armen Schlucker da!"

Krollebolle

Kaum war die erste Wolke vor die Sonne gezogen, fing es auch schon heftig an zu regnen. Erich war das sehr unangenehm, denn er wusste nicht gleich, was er tun sollte: den Schirm aufspannen, sich dabei seiner Stütze beim Gehen berauben - oder sich in der Nähe einen Sitzplatz suchen, um den Regen auszusitzen. Er hatte erst seit kurzem ein neues Hüftgelenk bekommen. Obwohl er aus der REHA als geheilt und selbständig entlassen worden war, fiel es ihm immer noch unendlich schwer, sein Gleichgewicht zu halten und geradeaus zu gehen. Da er aber seinen Nachbarn kein Bild des Jammers geben wollte, hatte er den Trick mit dem Schirm angenommen, auf den er sich viel unauffälliger stützen konnte als auf einen Gehstock. Er ging deswegen nur bei Sonnenschein aus.
Erich war am Rande der Stadt unterwegs, wo die Feldmark begann. Unter den herbstlichen Eichen fand er einen Baumstumpf in der richtigen Höhe, den wollte er als Sitz benutzen. Er holte eine dünne Plastiktüte aus der Manteltasche, die er über das nasse Holz breitete. Dann setzte er sich und hielt den recht großen Schirm schützend über sich. Der hielt den Regen zwar nicht überall ab, doch am Rücken machte das nicht so viel, der Mantel war gut imprägniert.
Erich schaute auf die Uhr, dann lugte er vorsichtig unter dem Schirm hervor an den Himmel. Es würde nicht so schnell zu regnen aufhören, er richtete sich daher auf eine längere Zeit unter dem Schirm ein.

Die Zeit verging wie im Schneckentempo. Er lauschte dem Regengetrommel auf dem Schirm, dabei kamen ihm Kinderlieder über den Regen in den Sinn. Wie lange war das schon her, dass er nachts im Bett gelegen hatte, während er dem Trommeln eines Regengusses auf der Dachluke zuhörte.

Erich wurde schläfrig, eine Nachwirkung der langen Krankenzeit. Schließlich nickte er ein. Ein kalter Tropfen am Hals weckte ihn. Der Schirm war seinen Händen entglitten und lag zu seinen Füßen. Er hob ihn auf.

Wie staunte er, als sich darunter eine kleine Gestalt befand, die nun ebenfalls aufgeschreckt schien.

„Na sowas!", huschte es durch seine Gedanken, „das kann doch nicht wahr sein!"

Die kleine Gestalt reckte sich zu ihrer vollen Größe auf. Sie sah Erich herausfordernd an. Sie gestikulierte wild mit den Armen, öffnete den Mund. Erich konnte jedoch nichts verstehen, der Regen rauschte zu heftig. Da zeigte das Männchen mit dem Finger auf Erichs Knie. Zuerst verstand er nicht, was es wollte, dann aber nahm er den Wicht vorsichtig in die Hand und setzte ihn sich auf den Schoß, wo es trocken war. Der Wicht zeigte keinerlei Angst, sondern machte es sich auf dem Hosenstoff in einer Falte gemütlich. Er zog eine rote Beere aus seiner Tasche. Er fing an, sie genüsslich aufzuessen.

„Guten Appetit", flüsterte Erich so leise er konnte.

„O danke vielmals", erwiderte der Wicht. Er sah ihn lachend an.

„Wer bist du?", wagte Erich zu fragen, der sich dabei höchst albern vorkam.

„Ich bin Krollebolle aus der Familie der Eichlinge", stellte der Kleine sich wichtig vor.

„Aha", brachte Erich hervor. Er wusste weiter nichts zu sagen. Er fand die Situation zu absurd.

Der Wicht schaute ihn lange kritisch an.

„Warum sitzt du hier und gehst nicht nach Hause?", fragte er schließlich.

Da sprudelte es aus Erich heraus, er erzählte lebhaft von der Operation, dem Aufenthalt in der REHA und seinen momentanen Schwierigkeiten mit dem normalen Gehen. Während er erzählte, rutschte der Kleine unmerklich immer weiter in die Richtung der betroffenen Hüfte. Da blieb er dann sitzen, schaukelte ein wenig mit seinen Beinchen, pfiff zum Schluss durch die Zähne. Es war ein lauter, herrischer Pfiff, ein Pfiff, den Erich einem so kleinen Wesen nie zugetraut hätte.

Nicht lange danach kam ein in Lumpen gehülltes Mädchen daher. Der strömende Regen schien ihm nichts auszumachen. Ihre Kleider waren trocken.

Erich bemerkte eine seltsame Schönheit an dem Mädchen, konnte sich aber nicht klar werden, worin sie bestand.

Das Mädchen, eher wohl eine ganz junge Frau, flüsterte kurz mit dem Wicht. Dann sah sie Erich lange an, der unter ihrem Blick all seine Probleme vergaß. Sie beugte sich kurz zu ihm, gab ihm einen Kuss auf den Mund. Dann knickste sie, nahm den Wicht auf ihre Schulter und verschwand. Der Regen hörte auf, so schnell wie er gekommen war. Endlich!

Erich schüttelte das Wasser vom Schirm, legte ihn zusammen, erhob sich. Etwas steif machte er die ersten

Schritte. Danach holte er ordentlich aus, denn er wollte so schnell wie möglich nach Hause. Den Schirm fand er lästig, deshalb nahm er ihn über die Schulter. Nach einigen Minuten wurde ihm bewusst, dass er ohne Stütze laufen konnte, ...und das auch noch geradeaus.

Zwei Tage später stellte er sich routinemäßig beim Arzt vor. Der staunte nicht schlecht, als er Erich ohne Stock oder Regenschirm forschen Schrittes in sein Behandlungszimmer kommen sah.
„Wie haben Sie das geschafft?", fragte er irritiert.
„Ich habe es geschafft... Wie, das verrate ich Ihnen nicht, Herr Doktor, denn dann halten sie mich für verrückt."

Hexenfeuer

Als Tom frühmorgens auf die Lichtung im Wald kam, schwelten noch die Reste eines Feuers im versengten Gras.
„Verdammt, das kann glatt einen Waldbrand geben", schimpfte er laut, „wehe, wenn ich die Übeltäter erwische!"
Aber darauf bestand keine Chance. So sorgsam er das Umfeld auch durchsuchte, die Übeltäter hatten rein gar nichts hinterlassen. Nicht einmal ein Streichholz oder ein Tempotuch lagen herum, die üblichen Gegenstände eines nächtlichen Gelages. Tom ging gehörig geärgert nach Hause.

Gleich drei Morgen später erlebte er dasselbe. Wieder schwelte ein Feuer im Gras, exakt an derselben Stelle wie voriges Mal. Nichts deutete auf irgendeinen Täter hin, nicht einmal Fußspuren waren im nebelfeuchten Gras zu erkennen.

„Wartet, Bürschlein, euch will ich auf die Schliche kommen", murmelte er finster. Er hatte nun einen Plan.

In den nächsten Nächten legte er sich auf die Lauer. Zunächst geschah nichts weiter als dass er in einer Nacht schrecklich fror...und sich eigentlich ein Feuer wünschte.

In der fünften Nacht lag Tom deshalb auf einer Plane und hatte einen dicken Pullover dabei. Lange geschah nichts. Ein paar

Wolken zogen über die Lichtung und der Halbmond goss sein Licht auf die Baumkronen.

Plötzlich ertönte fröhliches Lachen. Es schien nicht aus dem Wald direkt zu kommen, sondern eher von einem der Baumwipfel. Das Lachen war sehr ansteckend und wurde bald durch ein weiteres Lachen beantwortet. Tom musste sich gewaltig zusammenreißen, um nicht selbst in das Lachen einzustimmen.

Als noch eine dritte Stimme sich einmischte, biss sich Tom so fest auf die Lippen, dass sie bluteten. Gebannt starrte er geradeaus auf die Stelle, an der das Feuer früher gebrannt hatte. Da standen drei nackte alte Frauen und jauchzten. Sie sprangen im Gras umher und gestikulierten mit ihren ausgebreiteten Armen. Eine Flamme loderte auf, obwohl kein Holz herumlag.

Die Frauen fassten sich bei den Händen und vollführten eine Art Tanz um die Flamme. Im Hüpfen lachten und kicherten sie in einem fort. Tom war geschockt, aber neugierig war er natürlich auch.

„Darf ich mittanzen?", fragte er plötzlich, ohne dass er es wollte. Die drei nackten Weiber stießen ein hohes Lachen aus, nahmen ihn in die Mitte, und ein wilder Tanz brach los, dass Tom Hören und Sehen verging. Er merkte nur noch, wie seine Beine unaufhörlich auf den Boden stampften, um im Tanz mithalten zu können und nicht umzufallen.

So abrupt, wie das Tanzen begonnen hatte, hörte es auf. Die drei Weiber blieben ruckartig stehen, plötzlich in bizarre Gewänder gekleidet. Sie starrten den fast betäubten Mann an. Ein verlegenes Schweigen breitete sich aus, jeder beäugte jeden, bis eine der Frauen grinste, - ein sehr ansteckendes Grinsen.

„Wen haben wir denn hier?", fragte sie scheinheilig und bohrte Tom den Zeigefinger in die Brust.

„Zu fragen ist an mir. Was soll das alles bedeuten? Feuer im Wald, ungebührliches Benehmen..."

„Nun mal nicht so aufgeregt", sagte eine der anderen, „du hast etwas erlebt, was noch kein männliches Wesen gesehen hat. Wir sind drei Hexen. Wir wollten unseren Spaß, nicht immer nur Kräuter sammeln und Tinkturen kochen. Sei froh, dass wir dich nicht verhext haben. Du gefielst uns. Gut tanzen kannst du auch. Es wäre schön, wenn wir uns einmal hier wiedertreffen könnten."

Tom grauste es nun wirklich, von Hexen hatte er nur Schlechtes gehört. Er riss sich aber zusammen. „Das geht nicht, eines Tages brennt der Wald ab von eurem nächtlichen Feuer. Das kann ich nicht zulassen."

„Ach was", war nun die dritte Hexe an der Reihe, „das Feuer ist ungefährlich, es ist Hexenfeuer, das nichts verbrennt, außer vielleicht die paar Grashalme, die unter ihm sind. Wir haben aber noch einen Handel zu treiben: du verrätst niemandem, was du hier gesehen und erlebt hast. Wir beschützen dafür deinen Wald mitsamt den Tieren darin, damit alles gedeiht. Schlag ein, es soll dein Schaden nicht sein."

Was blieb Tom übrig, als den drei Weibern die Hand zu geben und zuzustimmen?

Er machte sich auf den Heimweg, ohne sich noch einmal umzuschauen. Die drei Hexen sahen ihm nach, solange er noch zu sehen war.

„Schade", meinte die eine, „er ist zu süß, er hätte mir gut gefallen …"

„Ach geh", erwiderte eine andere, „du musst eben warten, bis er alt ist, dann kommt er vielleicht gern."

„Und bis dahin passen wir gut auf ihn auf, damit er auch wirklich alt wird und nicht vorher von der Welt verschwindet. Was sind schon die paar Jahre…"

Alle drei nickten mit den Köpfen. Was war schon das Warten einige Jahrzehnte lang. Sie waren Jahrhunderte älter.

Nicht weiter als bis hier

Das Auto rumpelte gewaltig durch die Schlaglöcher des Waldwegs. Vater fluchte. Er ärgerte sich, dass er diesen Weg als Abkürzung gewählt hatte, einen Weg, der nun kein Ende nehmen wollte.

Allmählich brach die Dunkelheit herein. Die Scheinwerfer zeigten jeweils nur einen Ausschnitt des Wegs und des Waldes, soweit ihr Lichtschein eben reichte. Da nützte auch das Fernlicht nicht viel.

Uns Kindern, Hanno und mir, wurde es unheimlich. Wir bekamen Angst auf dem Rücksitz. Mutter sagte kein Wort. Sie saß wie angegossen auf ihrem Sitz vorne, steif und stumm als ob sie nicht mehr lebte.

Plötzlich hielt Vater an und stellte den Motor ab.

„So ein Mist!", schimpfte er gereizt, „ein Baumstamm liegt quer über dem Weg. Es geht nicht weiter."

„Können wir nicht wenden und den Weg zurückfahren bis zur Straße?", fragte Mutter. Es waren ihre ersten Worte seit mindestens zwei Stunden.

„Wie denn?", rief Vater aufgebracht, „der Wald ist hier viel zu dicht!"

„Was machen wir jetzt? Ich hab keine Lust, die Nacht im Wald zu verbringen", meldete sich Hanno. Vater hatte schon das Handy in der Hand und versuchte die Försterei oder die Straßenwacht anzurufen. Kein Empfang. In dieser gottverlassenen Gegend gab es wohl keinen Funkmasten. Unsere Stimmung sackte auf den Nullpunkt. Aber nun, als alles hoffnungslos verfahren aussah, lief Mutter zur Hochform auf.

„Kinder, wir haben noch die Lunchpakete aus dem Hotel und mehrere Dosen Cola. Lasst uns ein kleines Waldfest feiern. Auf dem Baumstamm können wir gemütlich im Mondschein unser Abendbrot verzehren."

Wir stiegen also aus und holten die Vorräte aus dem Kofferraum. Mit großem Appetit verschlang ich ein Brötchen mit Käse und ein Würstchen. Dann öffnete ich mit einem Klick die Dose mit Cola. Dabei verschüttete ich ein wenig der Flüssigkeit im Dunkeln auf meine Hose.

Ein Schmatzen und Hecheln ertönte, und schon stieß etwas an mein Bein. Ich erstarrte. Hanno konnte das nicht gewesen sein, er saß weiter weg auf dem Stamm.

„Komm, komm, hier gibt's was Leckeres, ich kann's riechen!" Das Stimmchen ließ mich schaudern. Da kroch noch etwas heran, ich hörte deutlich ein paar Grashalme rascheln.

„Gib her! Gib schon endlich!", zischte das Stimmchen herrisch. Vor Schreck fiel mir das zweite Brötchen aus der Hand. Es wurde aufgenommen und verschwand.

„Papa, hier sind welche, die mein Essen klauen", flüsterte ich.

„Sei doch nicht albern, Merle. Wie soll denn das gehen?"

„Mir entreißen sie gerade mein Würstchen", mischte sich Hanno ein.

„Hier ist niemand, ihr Kinder habt viel zu viel Einbildungskraft. – Hoppla, was soll das? Ich gebe nichts her!"

Mutter hatte sich ans Auto geschlichen und warf die Scheinwerfer an. Im grellen Licht sahen wir vor uns lauter kleine Gestalten, in grüne Blätterkleider gehüllt.

Zwerge? Wo aber waren die Zipfelmützen? Immer mehr von den Wesen kamen an. Wenn sie uns zufällig den Rücken zudrehten, konnten wir lange Schwänze sehen.

Vater fasste sich als erster: „Was wollt ihr von uns, wir haben euch nichts getan!", rief er zornig mit rotem Gesicht.

„Essen, Essen", schrien sie durcheinander, dass es im Wald widerhallte.

„Zum Donnerwetter, habt ihr kein Benehmen gelernt? Wer ist euer Anführer, dass man vernünftig verhandeln kann?"

Sie schoben den Kleinsten vor und wurden schlagartig still.

„Also, was wollt ihr?", fragte Vater etwas leiser und sah die kleine Gestalt durchdringend an.

„Wir wollen all euer Essen, auch den köstlich duftenden Saft. Dann lassen wir euch ruhig schlafen."

„Na gut, wir haben ja wenigstens etwas gegessen, den Rest könnt ihr haben."

Die kleinen Männlein mit den Schwänzen packten den Korb aus, legten Bissen für Bissen in ihre Karren, die überall herumstanden, und rollten die Dosen in den Wald. Weiß der Himmel, wie sie die aufkriegen wollten…

Als sie weg waren, überfiel uns große Müdigkeit. Wir machten es uns im Auto so bequem wie möglich und schliefen sofort fest ein, ohne noch Mutmaßungen anzustellen, wer die Wesen sein könnten und wie wir wieder aus dem Wald kommen sollten.

Vogelgezwitscher weckte uns schließlich auf. Die Morgensonne stand schon hoch am Himmel und schien durch die Autofenster. Wir rieben uns die Augen. Vater und Mutter stiegen aus, um zu erkunden, wie sie den Wagen wenden könnten. Aber….da lag kein Baumstamm mehr quer über dem Weg. Wir konnten einfach weiterfahren.

Endlich erreichten wir die Landstraße. Wir stiegen erleichtert aus. Die Spannung fiel von uns ab. Hanno zeigte wortlos auf ein Schild, das an den ersten Baum des Waldwegs hinter uns genagelt war: T r o l l w e g.

Aha.

Frau Holle hilft

Mitten im Wald auf einer Lichtung stand ein großer Apfelbaum. Schon wenn man zufällig aus dem Wald trat, leuchteten einem im Herbst die roten Äpfel entgegen.

Niemand erntete sie je, denn er hätte eine sehr hohe Leiter und einen Wagen mitbringen müssen, um die Früchte unbeschädigt pflücken zu können. So aber fielen sie jedes Jahr herunter und dienten vielen kleinen und großen Tieren als willkommenes Futter.

Eines Tages geschah etwas Unerwartetes.

Ein kleines Mädchen hatte sich beim Spielen im Wald verirrt und kam auf die Lichtung. Es sah den großen Apfelbaum auf der Wiese mit all den herrlichen Äpfeln. Mit vor Staunen offenem Mund blieb es stehen. Der

Wind wehte ein wenig. Es hörte sich an, als ob die Blätter leise etwas raunten.

Das Mädchen erinnerte sich sofort an das Märchen von „Frau Holle". Sprach hier der Apfelbaum und bat um Hilfe? „Rüttle mich und schüttle mich…" meinte das Mädchen aus dem Windrauschen zu hören. Ohne zu zögern trat es an den Baum. Es versuchte den dicken Stamm zu rütteln. Dazu reichten die Kräfte aber nicht, der Baum war zu groß und stark.

Ratlos sah das Mädchen den Baum an: „Ich kann dich nicht schütteln", rief es zur Baumkrone hinauf, „ich bin zu klein. Was soll ich tun?"

Plumps, fiel ein Apfel zu Boden. Das Kind nahm ihn auf und biss hinein. Der köstliche Saft schien ihm Mut zu geben. Es sah den Baum genauer an und bemerkte, dass ein Ast fast bis auf den Erdboden hing. Es schüttelte nun kräftig an diesem Ast. Viele Äpfel prasselten herunter, manche kullerten ein Stück über die Wiese. Oje, kein Korb war weit und breit zu sehen, in den das Kind die Äpfel hätte hinein legen können.

Wie es nun so saß und an einem weiteren Apfel kaute, dachte es nach, wie es Frau Holle denn mitteilen konnte, dass es sich abgemüht hatte, dem Baum zu helfen.

Schließlich kam es auf eine Idee. Es legte die schönsten Äpfel zu einem Herz auf das Gras, die anderen kamen in die Mitte. Zum Schluss pflückte es einen Strauß der letzten Sommerblumen. Den legte das Mädchen auf die Spitze des Herzens.

Es wurde Zeit, nach Hause zu gehen. Aber wie sollte es aus dem Wald wieder herausfinden?

„Bitte, bitte, Frau Holle, lass mich gehen. Ich will keinen Lohn, ich möchte nur wieder zu Mutter und Vater!", rief es laut in den Wald. Es sah zum Himmel. Da stand in all dem Blau eine längliche weiße Wolke. Sie schien die Richtung zu zeigen. Das Kind folgte ihr und stieß bald auf die vertraute Futterkrippe neben dem Fahrweg ins Dorf. Schnell war es nun daheim.

„Wo bist du nur so lange gewesen? Wir haben uns schon Sorgen gemacht."

Das Mädchen erzählte aufgeregt sein Abenteuer unter dem Apfelbaum. Es beteuerte, dass Frau Holle ihm den Weg gezeigt hatte.

„Welch ein Glück! Dann bist du jetzt unsere kleine Gold-marie" scherzte der Vater.

„Was wird aus den Äpfeln? Die konnte ich Frau Holle doch gar nicht bringen."

„Frau Holle hat viele Helfer unter den Tieren, die werden es für sie tun", tröstete die Mutter.

Sieben Geschwister in Gefahr

Der Abend senkte sich über die Felder. Der rotglühende Sonnenball verschwand langsam hinter der Hecke. Am Himmel kreiste ein letzter Raubvogel.

„Ihr müsst sehr aufpassen, wenn ihr unseren Bau verlasst. Am besten bleibt ihr drinnen, bis ich wieder zurück gekommen bin und wir gemeinsam losziehen können", schärfte die Kaninchenmutter ihren sieben Kindern ein.

„Ja, Mama", erklang es im Chor. „Und was machen wir bis dahin?", fragte der freche Bunny. Er war der älteste, eine Viertelstunde älter als die anderen.

„Macht noch ein Schläfchen, der Abend wird lang", schlug die Mutter vor. Dann hoppelte sie eilig davon, ihren Mann zu suchen.

Bunny dachte nicht daran, ruhig in der dunklen Wohnhöhle zu bleiben. Er überredete seine Schwester Funny, mit ihm die nähere Umgebung zu erkunden. Bei Gefahr wäre die Höhle nicht weit.

Funny, ein Ausbund an Neugier, stimmte sofort zu.

„Geht nicht so weit", jammerte Hasi, der Jüngste, „ich fürchte mich vor dem Fuchs."

„Pah, der soll nur kommen, wir sind schneller und können schon Haken schlagen", prahlte Bunny. Und so verschwanden Bunny und Funny im hohen Gras.

Die anderen Kaninchenkinder kuschelten sich aneinander und dösten vor sich hin. Hasi allerdings stellte seine Lauscheröhrchen auf und horchte angestrengt nach draußen. Eine Zeitlang hörte er noch seine Geschwister lachen und zwischen den Gräsern rascheln, dann verloren sich diese Laute. Stattdessen vernahm er ein anderes Geräusch, ein Schleichen und lauteres Atmen, nein: ein Schnüffeln. Das kam ihm unheimlich vor, so fremd wie es war.

Mit seinem Hinterpfötchen stieß er heimlich die dicke Hulle an, die kräftig zurücktrat. Hasi verbiss sich den Schmerz und die Empörung, damit kein Laut nach außen drang. Er versuchte es mit einem zarten Tritt bei Benni. Der stutzte kurz, lauschte und nickte mit dem Kopf. Er wagte sich ganz nach vorn an den Eingang, zuckte sofort zurück, als er einen fremden, unangenehmen Geruch wahrnahm. Er kroch zu Hasi zurück und flüsterte ihm ins Öhrchen:

„Da ist der Fuchs. Was machen wir nun?"

„Wir tun so, als seien wir tot", raunte Hasi. „Achtung: nicht bewegen!", wurde von Kind zu Kind geflüstert.

Der Fuchs lag auf der Lauer, geduldig, wie Füchse mitunter sein können. Hier gab es reiche Beute, das roch er. Bald würden die kleinen Kaninchen vor Angst flüchten wollen, dann musste er nur zuschnappen. Er ließ sich Zeit.

Inzwischen wollten Funny und Bunny nach Hause, denn es wurde richtig finster. Sie hoppelten gemeinsam auf den Kaninchenbau zu. Und wenn Funny nicht über einen Maulwurfshügel gestolpert wäre... Sie war aber gestolpert und fiel dem Maulwurf direkt vor seine Schaufelbeine.

„Hallo, nicht so stürmisch, Kinder!", schnaufte er. „Der Fuchs liegt vor eurer Tür."

„Was sollen wir tun?" jammerte Funny, „die Geschwister sind in Gefahr."

„Nehmt die Hintertür", wies der Maulwurf sie an.

„Welche Hintertür?" fragte Bunny verwirrt.

„Ach du meine Güte, seid ihr unwissend! Jeder Kaninchenbau hat eine Hintertür. Kommt, ich zeige euch, wo es langgeht. Seid leise, leise!"

Alle drei setzte sich lautlos ab. Und siehe da - hinter dem übernächsten Holunderstrauch am Feldweg gähnte ein Loch bei den Wurzeln. „Da hinein! Merkt euch den Weg zum Bau, damit ihr die Geschwister sicher herausführen könnt."

Bunny und Funny krochen in den ziemlich unbenutzten Gang, der enger war als der Eingang zur Wiese. Sie schlängelten sich durch die Dunkelheit, bis sie auf Hasi stießen. War das eine Wiedersehensfreude!

Hasi schubste eins nach dem anderen seiner Geschwister dem Bunny hinterher, während Funny bei ihm blieb, weil er solche Angst hatte. Sie kroch als letzte aus dem Hintereingang.

Der Maulwurf machte für seine geringe Größe laute Geräusche, die den Fuchs ablenken sollten. Das war nicht nötig, der Fuchs war so auf zartes Kaninchenfleisch aus, dass er einen betagten Maulwurf verschmähte. Über das Warten schlief er fest ein.

Die Eltern kamen gemeinsam zurück. Wie erschraken sie, als sie vom Maulwurf erfuhren, dass der Fuchs vor ihrer Tür lag.

„Unsere armen, armen Kinder! Hoffentlich ist ihnen nichts zugestoßen!"

„Nur ruhig, ihr dummen Kaninchen! Warum musste ich den Kinderchen erst die Hintertür zeigen? Warum habt ihr es ihnen nicht gleich in den ersten Lebenstagen mit auf den Weg gegeben, wie man sich rettet?"

Die Eltern schauten betreten zu Boden.

„Was wollt ihr jetzt tun?", fragte der Maulwurf neugierig.

„Wir führen sie vorsichtig zur neuen Höhle am anderen Ende der Wiese. Wir haben sie in den letzten Tagen gegraben für alle Fälle."

„Die sind nun eingetreten", murmelte der Maulwurf mürrisch und verschwand. Er hatte einen Regenwurm sich unter der Erde regen hören.

„Es ist gelb!"

Jo und Mo sind Zwillinge auf dem Mars. Sie sind leicht grün und fast durchsichtig. Jeder hat zwei Köpfe mit langen Nasen und Antennenaugen mitten auf der Stirn. Im Jahr 3476 erleben sie etwas Seltsames. Jo und Mo schwänzen die Schule. Dorthin gehen sie nicht gerne, denn sie finden den Unterricht langweilig. Viel lieber gehen sie auf Entdeckung, wenn ihre Eltern auf der anderen Seite des Mars arbeiten.

Jo und Mo haben ohne Erlaubnis das durchsichtige Raumschiff ihres Vaters genommen und fliegen über die roten Berge ihrer Heimat.

„Was zum... war denn das? Etwas hat das Raumschiff getroffen!", ruft Mo erschrocken. Ein Loch ist in der Scheibe des Seitenfensters entstanden. Beide sehen sich an:

„Was wird Papa dazu sagen?", stöhnt Jo, „er glaubt doch, wir sind in der Schule!"

Da liegt ein rundes Ding auf dem Boden, es ist gelb und hat braune Schlangenlinien auf der Oberfläche.
„Was ist das?", fragt Jo.
„Sicherlich kein Meteor", erklärt Mo mit wichtiger Miene, „dazu fühlt es sich zu weich und leicht an."
Sie nehmen sich gegenseitig das Ding aus den Händen, um immer wieder zu fühlen und es zu studieren. Die seltsamen Linien um den Gegenstand können sie sich nicht erklären. Solch Muster gibt es auf dem Mars nicht. Die Linien furchen eine kleine Vertiefung in seine weiche, etwas raue und ein wenig zottelige Außenschale.
„Sollten wir das Ding nicht lieber wieder rauswerfen, bevor Papa es entdeckt?", schlägt Jo zaghaft vor.
Sie fliegen noch ein Stück weiter und werfen es schweren Herzens in die Richtung des nächsten Tals. Beide gucken ihm hinterher, wie es kleiner und kleiner wird.

Da sehen sie sich am Talgrund etwas bewegen, das sie offenbar mit dem grünen Ding getroffen haben.
„Was ist das denn?", rufen Jo und Mo ganz erstaunt.
„Ich glaube ein Außermarsischer. Sieh, er hat nur zwei Füße, Schultern und einen großen, runden Kopf!"
„Oh, er sieht wirklich grauenhaft aus. Da ist auch ein zweiter! Und ein Raumschiff! Sehr, sehr altmodisch."
Mo denkt nach: „Vielleicht kommt es von der Erde?"
„Ach was, auf der Erde gibt es absolut nichts."

Vier Augenpaare sehen nachdenklich auf die Stelle, auf der im Tal immer noch Bewegung rund um das unbekannte Raumschiff deutlich zu erkennen ist.

„Hat unser Lehrer nicht gesagt, dass es Leben auf der Erde gibt?" fragt Jo nach einer Weile.

„Ich glaube nicht an solche Geschichten... und Papa erst recht nicht. Er behauptet immer, Lehrer wissen nicht viel", versichert Mo seinem Bruder zuversichtlich. Die beiden Schulschwänzer verlassen ihre Position über dem Tal. Sie fliegen nun schneller nach Hause.

„Was sagen wir zu Hause über das Loch im Raumschiff?", fragt Jo, „wir können doch nicht zugeben, dass wir heute die Schule geschwänzt haben."

„Das müssen wir wohl. Wir erzählen ihnen die ganze Geschichte von Anfang an. Sie wollen doch immer die Wahrheit!"

Jo ist skeptisch: „Papa wird es nicht glauben. Du weißt, wie er über Geschichten von der Erde denkt."

„Aber was dann?" Mo ist ratlos.

Jo grinst: „du hältst dich doch immer für den Schlaueren von uns, dir wird bestimmt schon was einfallen."

Unten im Tal schaut Evelina hoch zu den roten Bergen. Kahl sind sie und nichts Lebendes rührt sich.

„Warum um alles in der Welt hast du den Tennisball überhaupt mitgenommen? Nun ist er dir an den Kopf geflogen, was nicht sein kann. Oder hast du ihn gegen einen der mächtigen rot-braunen Felsen geworfen?"

„Nein, Evelina", sagt Gerald, „ich habe ihn senkrecht in den Himmel geworfen. Ich wollte einen kleinen neuen

Trabanten für den Mars. - Wieso ist er zurückgekommen und hat mich hart mitten im Gesicht getroffen?"

„Dann hat etwas… oder jemand? … ihn zurückgeworfen. Wir sind nicht allein hier oben! Huuuch! Hilfe, hier gibt es doch wohl keine grünschimmernden Marsmännchen?"

Gerald lacht laut: „Du glaubst doch nicht etwa an solche Märchen?"

Nur ein Mädchen

Einst lebte ein reicher Maharadscha mit seiner jungen Frau in einem prächtigen Palast. Sie war schwanger und stand kurz vor der Geburt ihres ersten Kindes.

Ihr Gemahl verwöhnte sie sehr, er glaubte fest daran, dass sie ihm einen Sohn gebären würde. Etwas anderes konnte er sich nicht vorstellen. Er fühlte sich nicht mehr jung, er brauchte dringend einen Erben. Sein Reich sollte nicht an einen Fremden und dessen Geschlecht fallen.

Als der errechnete Tag der Geburt herankam, wurde der Maharadscha auf eine lange Geduldsprobe gestellt. Mit der Geburt wollte es nicht vorangehen. Die Leibärzte und die weisen Frauen waren machtlos, das Kind lag quer im Mutterleib.

„Was sollen wir tun?", wagte endlich einer der Ärzte den Herrscher zu fragen, „es ist uns nicht möglich, das Kind und zugleich die Mutter zu retten. Wen sollen wir am Leben erhalten?"

Der Maharadscha gab ohne zu zögern die Antwort:

„Meinen Sohn."

Da betäubten sie die Maharani und schnitten ihr das Kind aus dem Leib.

Es war ein zartes Mädchen.

Der Maharadscha tobte. „Nur ein Mädchen? Ist die Frau nicht in der Lage, mir einen Sohn zu gebären?", schrie er voller Wut und Enttäuschung. „Sie hat es wahrlich verdient, dem Tod überlassen zu werden."

„Wollt Ihr Eure Tochter nicht ansehen?", fragten erschrocken die weisen Frauen, „sie ist sehr schön."

„Geht mir aus den Augen! Nehmt das Kind und bringt es zu Bauern aufs Land. Ich will es nicht sehen, jetzt nicht und auch in der Zukunft nicht."

So geschah es, dass das Neugeborene zu einem Bauern in den Bergen getragen wurde, dessen Frau ein Kind stillte. Sie hatte genug Milch für zwei hungrige Mäulchen.

Die Bauersleute waren froh über den bescheidenen Wohlstand, den ihnen die Goldstücke, die dem Kind mitgegeben waren, unerwartet bescherten. Noch glücklicher aber waren sie, das kleine Mädchen zu haben. Es war so schön, dass es neben ihrem eigenen Sohn wie eine seltene Blume neben einem Kohl wirkte. Sie liebten es vom ersten Augenblick an wie ein eigenes Kind und ließen ihm alle Sorgfalt angedeihen.

Sie nannten das Mädchen Rana, was so viel bedeutet wie ‚Blume aus dem Paradies'.

Rana wuchs zusammen mit ihrem vermeintlichen Bruder Kadir auf. Die beiden Kinder verhielten sich wie Zwillinge, unzertrennlich, wenn sie auch ganz verschieden waren: Kadir stämmig und stark, Rana zartgliedrig und lieblich. Sie teilten getreulich alle Freuden und Ängste der Kindheit. Das einfache Leben war für sie nicht frei von Aufgaben im Haus und auf dem Feld. Die erfüllten sie gern, denn sie wussten sich geliebt. Das gab ihnen Sicherheit.

Mit der Zeit wurde Rana immer schöner. Ihr schwarzes Haar glänzte wie Seide, ihre großen dunklen Augen blickten wach und freundlich. Sie wirkte zerbrechlich, doch der Eindruck täuschte, sie war stark und mutig.

Als sie das vierzehnte Jahr erreichte, kamen einige Nachbarn zu den Eltern und hielten um Ranas Hand für ihre Söhne an. Die Bauersleute aber wiesen sie ab oder rieten zu Geduld, denn sie mochten sich von ihrem geliebten Schützling nicht so früh trennen. Vor allem Kadir wollte nicht, dass Rana das Elternhaus verließ, denn Kadir und Rana liebten sich sehr. Eines suchte die Nähe des anderen, sobald sie auf das Feld geschickt wurden oder das Vieh zur Tränke führten. Ihre Gefühle füreinander bereiteten ihnen Unruhe, sie wussten aber nicht, warum. Sie verbargen sie voreinander und auch vor den Eltern.

Der Maharadscha hatte sich bald nach dem Tod seiner ersten Gemahlin erneut vermählt. Aber auch diese Frau schenkte ihm nicht den ersehnten Sohn – sie bekam überhaupt keine Kinder.

Jahre später brach Krieg aus, der Herrscher kam in arge Bedrängnis. Seine Heere waren nicht stark genug, den Gegner aufzuhalten. Als die Niederlage drohte, besann sich der Maharadscha auf seine Tochter: er gedachte, sie an den Sohn seines Gegners zu verheiraten, um seine eigene Macht länger zu erhalten.

Er befahl die weisen Frauen zu sich und befragte sie, wohin sie damals das Kind gebracht hatten. Sie gaben genaue Antwort. Daraufhin schickte er Boten in die Berge zu den Bauersleuten und verlangte seine Tochter zurück.

Wie groß war der Schreck im Hause des Bauern! Niemals hatten die Eltern Rana gegenüber ein Wort darüber verloren, dass sie nicht ihr eigen Fleisch und Blut war. Sie hatten es ja selbst nicht wahrhaben wollen. Nun sollte alles zu Ende sein! Hätte der Vater sie doch mit einem Nachbarssohn verheiratet, dann wäre sie in der Nähe geblieben. Jetzt musste sie weit fort in den Palast.

In seiner Not vertröstete der Bauer die Boten, er versprach bei seinem Leben, das Mädchen in einer Woche persönlich an den Hof zu bringen, sie brauche Zeit, sich an den Gedanken der Heirat zu gewöhnen. Die Boten ritten zum Palast zurück und berichteten.

Rana war mit Kadir zu der Zeit auf dem Feld, um Melonen zu ernten. Als sie nach Hause kam und die verweinten Gesichter ihrer Eltern sah, erfuhr sie, was sie längst über ihre Herkunft hätte erfahren sollen.

Sie erschrak zuerst, doch dann strahlte sie.

„Dann darf ich Kadir als meinen Bräutigam betrachten!", rief sie freudig. Ihre Augen blitzten.

„Ich liebe ihn mehr als einen Bruder und habe mir deswegen Vorwürfe gemacht. Einem Bruder gegenüber darf man solch eine Liebe nicht empfinden. Und Kadir hat mir gestanden, dass er ebenso fühlt, es aber unterdrücken muss, damit nicht Schande über euch kommt und wir zum Tode verurteilt werden. Nun sind wir frei!" rief sie frohlockend.

Die Eltern schauten Rana verwundert und entsetzt an.

„Das ist noch nicht alles, was du erfahren musst", fuhr der Bauer nach ein er Weile fot. „Du sollst an den Hof deines mächtigen Vaters kommen, um mit dem Sohn eines anderen Herrschers vermählt zu werden", eröffnete er ihr. „Dein Vater, der Maharadscha, will auf diese Weise den Krieg beenden, der über das Reich gekommen ist."

„Nein! - Niemals gehe ich dorthin! Er hat mich verstoßen, als ich ein hilfloses Geschöpf war, jetzt soll ich ihm nützlich sein für seine Pläne? Niemals!", rief Rana kampfeslustig. „Wir müssen eine List ersinnen."

„Wartet, bis Kadir kommt", schlug die Mutter vor, „er kann uns helfen."

Als Kadir ins Haus kam und die ganze Geschichte erfuhr, verfiel er in tiefes Nachdenken. Schließlich sagte er und sah Rana dabei tief in die Augen: „Ich habe vielleicht eine Lösung. Dein grausamer Vater kennt dich nicht, die Boten haben dich nicht gesehen, sie können nichts über dich berichten. Die Frauen, die dich als Säugling zu uns gebracht haben, können nicht ahnen, wie du heute aussiehst. Wenn wir ein Mädchen finden könnten, das statt deiner zum Palast geschickt wird und sich als die rechtmäßige Tochter ausgibt, wäre alles gut."

Rana lächelte erfreut: „Bei unserem Nachbarn, dem Schuster, gibt es sechs Mädchen. Er wird froh sein, wenn eines davon einen Prinzen heiraten kann. Lasst uns versuchen, ihn zu überreden, dass er eine seiner Töchter an meiner Stelle an den Hof sendet. Er hat es wegen seiner Armut schwer, überhaupt ein Mädchen zu verheiraten." Die Eltern nickten zustimmend.

„Und", fügte Rana hinzu, „wir heiraten noch heute, Kadir. Wenn unsere List fehlschlägt, bin ich bereits die Frau eines anderen."

So geschah es: Rana und Kadir wurden am Abend ohne große Festlichkeiten Mann und Frau.

Den Schuster konnten sie leicht überreden. Er ließ die mittlere seiner Töchter mit dem Bauern zum Palast reisen. Sie war in ähnlichem Alter wie Rana. Sie hatte versprochen, niemals die Wahrheit über ihre Herkunft preiszugeben.

Am Hof merkte man den Betrug nicht. Das Mädchen, das der Bauer dem Maharadscha als seine Tochter präsentierte, war nicht so schön wie Rana, aber ansehnlich genug, um als Tochter der toten Maharani zu gelten. Es hatte ein freundliches Wesen, war klug und zurückhaltend und gewann schnell das Wohlwollen des Herrschers.

In aller Eile wurde die vermeintliche Tochter mit den höfischen Manieren vertraut gemacht, was nicht schwer fiel, denn sie zeigte sich anstellig, wollte niemanden enttäuschen und sich nicht um ihre Zukunft bringen.

Der Sohn des verfeindeten Herrschers kam nach wenigen Tagen in den Palast, um seine Braut kennen zu lernen. Sie fand sein Einverständnis, ihm kam es darauf an, das Reich seines Schwiegervaters einmal zu erben.

So war der Friede gerettet.

Der Bauer wurde beim Abschied mit reichen Geschenken überhäuft. Zu Hause überließ er den größten Teil dem Schuster. Zu seiner Freude konnte der nun auch seinen anderen Töchtern eine Heirat durch eine gute Mitgift sichern.

Am glücklichsten war die kleine Bauernfamilie. Rana und Kadir blieben im Haus der Eltern. Das junge Paar sorgte ebenso liebevoll für die Eltern, wie Vater und Mutter für ihre so unterschiedlichen Kinder gesorgt hatten.

Und als nach ein paar Jahren Rana und Kadir doch noch ein Kind geboren wurde, war die alte Bäuerin die stolzeste Großmutter im Dorf, obwohl das Kind nur ein Mädchen war.

Eine späte Bescherung

Der Mond, so erzählte man sich im hohen Norden, kommt alle vier Wochen auf die Erde. Er ist seiner langen Wanderungen über den Himmel dann müde und ruht sich im tiefen Wald einen Tag und eine Nacht lang so richtig aus.

Einmal saß er im verschneiten Wald auf einem umgestürzten Baum. Diese Nacht würde ihn niemand am Himmel vermissen. In den Häusern der Menschen brannten viele Kerzen. Man feierte im milden Lichterschein das Geburtstagsfest des Christkindes.

Im Wald leuchtete es geheimnisvoll. Die Tiere kamen trotz der Kälte, um zu sehen, was das bedeutete. Sie setzten sich in einem Kreis um den Mond. Ein Rabe schilderte, was er bei den Menschen auf dem nächsten Bauernhof beobachtet hatte. Die Rehe und der Elch käuten ihr weniges Futter wieder. Der Fuchs, der seinen weißen Winterpelz stolz zur Schau trug, setzte sich dicht neben den Mond, um besser in seiner Pracht gesehen zu werden. Zwei Wölfe hielten sich etwas im Hintergrund. Sie waren neugierig auf die Geschichte des Raben und wollten die anderen nicht erschrecken. Vor allem nicht die zahlreichen Hasen, die sich hinter dem Baumstamm versteckt hatten und ihre ohnehin schon langen Ohren noch weiter spitzten.

Der Rabe erzählte genau, wie er am Bauernhof in das Stubenfenster geschaut und dort den Weihnachtsmann beobachtet hatte, als er einen Sack öffnete und den Kindern Geschenke reichte. Dann schwieg er.

Glöckchen bimmelten und Huftritte waren zu hören. Ein Schlitten, gezogen von zwei erschöpften Rentieren, kam langsam immer näher. Auf dem Schlitten saß der Weihnachtsmann. Er blinzelte in die Helligkeit. Als er den Mond erkannte, hielt er die Rentiere an. Er stieg vom Schlitten. Vor Müdigkeit stolperte er und fiel in den Schnee. Da kam der Elch heran und richtete ihn mit seinem Geweih wieder auf.

„Danke dir, Meister Langnase", murmelte dankbar der Weihnachtsmann.

„Setz dich neben mich", lud der Mond ihn ein. „Ich kann dir nachempfinden, wie du dich fühlst. Hier kannst du wieder zu Kräften kommen."

Der Weihnachtsmann setzte sich neben den Mond und gähnte herzhaft. „Danke, sehr freundlich."

Eine Weile saßen sie stumm nebeneinander, auch die Tiere sagten nichts.

Als er ein wenig zur Ruhe gekommen war, fiel dem Weihnachtsmann seine Aufgabe wieder ein. Sie war also noch nicht zu Ende.

Nacheinander schaute er die versammelten Tiere an, sah den Hunger der Rehe, Hasen und des Elchs. Er sah die Angst der Mäuse. Er sah die Gier der Raubtiere, denn auch sie hatten wenig gefressen in den letzten Tagen.

„Wenn ihr mir sagen könnt, was ihr Gutes getan habt im letzten Jahr, habe ich in meinem Sack das eine oder andere zu fressen."

Die Tiere schauten sich an. Wie sollten sie sich erinnern?

Ein Hase wagte sich als erster vor. „Ich habe im Herbst meine Kameraden vor dem anschleichenden Fuchs gewarnt, als wir zusammen auf dem Acker des Bauern den Kohl fraßen."

„Oho", sagte der Weihnachtsmann, „den Kohl hättet ihr nicht fressen dürfen. Dass du die anderen gewarnt hast, will ich dir anrechnen." Er öffnete seinen Sack und holte drei dicke Mohrrüben heraus.

Als ein Wolf sah, wie der Hase belohnt wurde, trat er aus dem Schatten hervor, verbeugte sich vor dem Weihnachtsmann und erklärte: „Ich habe meiner verletzten Gefährtin drei Wochen lang von meiner Jagdbeute abgegeben, bis sie wieder mit mir zusammen jagen konnte." Der Weihnachtsmann nickte anerkennend und holte aus dem Sack ein großes Stück von getrocknetem Fleisch. „Teile das mit deiner Gefährtin", mahnte er, als der Wolf es vorsichtig aus seiner Hand nahm.

Nun fassten auch die übrigen Tiere Mut und erzählten, was ihnen an guten Taten einfiel. Ein jedes wurde belohnt.

Nur der Fuchs blieb stumm. Obwohl er sich genau an dieses und jenes erinnerte, mochte er es nicht vortragen, denn es musste sich anhören wie die Wiederholung einer schon geschilderten Begebenheit.

Unglücklich sah er zum Weihnachtsmann auf.

„Fällt dir gar nichts ein?", fragte der verwundert. „Doch, aber es ist dasselbe, was schon der Wolf beschrieben hat, und ist etwas Ähnliches, wie der älteste Hase es dargelegt hat. Das glaubst du mir nicht."

„Denk doch noch einmal in eine andere Richtung", schmunzelte der Weihnachtsmann, als er den stolzen Fuchs im weißen Pelz so verlegen sah.

Der Fuchs runzelte die Stirn.

„Ich weiß!", rief er aus, „ich habe die Gans von Bauer Lasse am Leben gelassen und stattdessen ein Huhn genommen!"

Der Weihnachtsmann lachte schallend, die anderen Tiere grinsten schadenfroh. Sie freuten sich schon, dass der Fuchs leer ausgehen würde.

„Wahrhaftig, das war eine gute Tat", sagte der Weihnachtsmann und schlug sich auf die Schenkel. „Wirklich, eine gute Tat."

Die Tiere sahen den Weihnachtsmann zweifelnd an. Er musste es ihnen wohl erklären.

„Bauer Lasse", sagte er, „hat viele Hühner, aber nur eine Gans. Die Gans war zum Weihnachtsfest bestimmt, zu Ehren des Christkinds. Da war doch ein Huhn wirklich eher zu verschmerzen." Mit diesen Worten griff er in den fast leeren Sack und holte das letzte Geschenk heraus. Es war ein großer Fisch.

Der Morgen dämmerte. „Ich muss wieder an den Himmel", bedauerte der Mond. „Ich danke euch allen für die amüsante Gesellschaft."

„Auch ich muss weiter", der Weihnachtsmann gähnte, - „ich muss unbedingt lange, lange schlafen." -

Rote Stiefel

In den Zeiten, als Märchen noch wahr waren, lebte ein armer Holzfäller mit seiner kleinen Tochter am Rande eines großen Waldes. Weil seine Frau gestorben war, nahm er sein Kind mit in den Wald, so oft er einen Baum fällen sollte. Das Mädchen streifte dann in der Nähe durch das Unterholz, suchte nach Kräutern und Beeren, im Herbst auch nach Pilzen.

Eines Tages saß es auf einem Baumstamm in der Sonne und packte das karge Mittagsbrot für den Vater aus. Da raschelte etwas im Gras und ein Zwerg trat auf das Kind zu. Er hatte schöne rote Stiefelchen an, war auch sonst fein gekleidet.

Das Mädchen grüßte ihn freundlich und bot ihm ein Stück vom Brot an. Der Zwerg nahm den Bissen entgegen und bat um mehr. Das Kind gab ihm das ganze Stück, das für den Vater bestimmt war.

Der Zwerg war überrascht von der Freigebigkeit und fragte:

„Sicherlich hast du einen Wunsch?"

Das Mädchen zögerte und überlegte. Da es aber mit seinem kargen Leben zufrieden war und nichts anderes kannte, wusste es nicht, was es wohl wünschen sollte. Seine Blicke fielen wieder auf die roten Stiefelchen. Außer Holzpantinen hatte der Vater ihm noch keine Schuhe geben können. Leichthin antwortete es deshalb:

„Du hast so schöne Stiefel, solche möchte ich später auch gern einmal haben, wenn ich groß bin."

„Du brauchst so lange nicht zu warten", lächelte der Zwerg, „du kannst sie bekommen, wenn du mir drei Bitten erfüllen magst."

Die Kleine sah ihn erstaunt an, wusste darauf aber nichts zu erwidern.

„Deine erste Aufgabe: bringe mir die Krone des Froschkönigs. Zweitens möchte ich das Lied der Nachtigall für meine Wanduhr. Zum dritten: ich brauche das Fell eines neugeborenen Lämmchens für mein Bett, damit ich im Winter nicht frieren muss."

Der Zwerg verschwand und ließ das Mädchen ratlos zurück.

Für den Vater war nun kein Brot mehr übrig. Er sollte aber nicht durstig wieder an die Arbeit gehen müssen.

Mit seinem Krug lief das Kind zu einer nahen Quelle. Ein dicker Frosch saß dort auf einem Stein im Wasser und sonnte sich. Das Mädchen sah, wie eine Schlange vorsichtig im Wasser näher kam, um den Frosch zu verschlingen. Das Kind fing ihn ein, er zappelte heftig in den Händen und sah mit großen Glubschaugen zu ihm auf. Das Kind ließ ihn fahren und scheuchte ihn weg.

Dann füllte es den Krug mit Wasser. Als es schon gehen wollte, fiel sein Blick auf ein Grüppchen gelber Blumen, die da am Ufer des Rinnsals wuchsen. Das Mädchen bückte sich, pflückte eine der Blüten und steckte sie in ihre Schürzentasche.

Der Vater schalt seine Tochter nicht, als sie ihm von ihrer Begegnung mit dem Zwerg erzählte. Er freute sich über ihr mitfühlendes Herz. Auf eine Mahlzeit zu verzichten, war ihnen beiden nicht fremd.

Über die drei Wünsche des Zwerges schüttelte er den Kopf, sagte aber nichts.

Nach der Abendsuppe trat sie noch einmal vor die Tür, um Wasser vom Brunnen zu holen und um sich mit Mond und Sternen zu unterhalten. Da fiel plötzlich ein junger Vogel von einem Baum und verletzte sich den Flügel. Das Mädchen hob ihn behutsam in ihre zusammengeraffte Schürze, streichelte ihn und glättete seine Federn. Einen Blutstropfen an der Schwinge wischte es fort, legte ein Blatt darauf und setzte den Vogel dann in eine Astgabel. Drinnen in der Hütte bemerkte das Kind im Lichtschein der Kerze eine Feder, die war an der Schürze haften geblieben. Die Feder wanderte in die andere Schürzentasche: das Vögelchen sollte nicht vergessen sein.

Am nächsten Morgen vernahm das Mädchen aufgeregtes Blöken im Pferch auf der nahen Wiese. Als es dorthin eilte, sah es, wie ein Rudel Wölfe mit einem Schaf verschwand. Die anderen Schafe umringten ein frisch geborenes Lamm. Das Kind hüllte das zitternde Lämmchen in seine Schürze, um das Tier vor der Morgenkälte zu schützen, und brachte es dem Bauern im Dorf. Als Lohn erbat die Kleine sich eine Locke vom Fell des Lammes zum Andenken, was der Bauer gern gewährte.

Einmal mehr begleitete die Tochter den Vater in den Wald und wartete wie immer geduldig, dass der Baum gefällt und die Äste zersägt wären. Wie sie so auf einem Grasbüschel saß und ein Lied summte, trat der Zwerg zu ihr.
„Na, Kleine, hast du meine Bitten erfüllt?", fragte der Zwerg.
Das Kind sah ihn an, dann auf seine schönen roten Stiefelchen. Ihm fielen die Aufgaben wieder ein, um die der Zwerg gebeten hatte.
„Nein", kam leise die Antwort, „der Frosch, den ich traf, war kein König, er hatte keine Krone."
„Und die Nachtigall?", fragte der Zwerg. Das Mädchen erzählte ihm von dem verletzten Vögelchen und dem neugeborenen Lamm und beklagte, dass es dem Zwerg nicht hatte helfen können.

„Du hast immer noch dieselbe Schürze um, mein Kind“, bemerkte der Zwerg, „lass einmal schauen, was du in den Taschen hast.“

„In den Taschen habe ich nichts, nur ein paar Erinnerungen.“

Der Zwerg lächelte geheimnisvoll. „Komm mit vor meine kleine Höhle“, bat er, „dort will ich dir etwas zeigen.“

Das Mädchen folgte ihm die kurze Strecke zur Höhle, die unter den Wurzeln eines mächtigen alten Baumes sich auftat.

„Lass doch einmal deine Erinnerungen sehen“, drängte der Zwerg.

Das Kind holte die Dinge hervor, die es in der Schürze bewahrt hatte: eine vertrocknete gelbe Blüte, eine unscheinbare Feder und die Locke des Lämmchens.

„Du hast sie nicht umsonst aufgehoben.“

Der Zwerg nahm die drei Dinge und legte sie auf einen flachen, glatt polierten Stein. Da verwandelte sich vor den Augen des Mädchens die Blüte in eine kleine goldene Krone. Die Locke des Lammes verwob sich in Windeseile zu einer herrlich leichten, warmen Decke, die Feder aber schlüpfte von selbst in die Wanduhr, die im Eingang zur Höhle hing. Kurz darauf ertönte zur vollen Stunde das Lied der Nachtigall.

Der Zwerg verbeugte sich. „Hier ist dein Lohn.“

Er hielt unvermittelt ein Paar roter Stiefel in der Hand und reichte sie dem Kind.

Das Mädchen stand mit offenem Mund, es wusste nicht, wie ihm geschah.

„Wenn dir die Stiefel zu klein werden, bring ich dir neue – jedes Jahr“, versprach der Zwerg und verschwand. Das

Mädchen konnte ihm nur noch ein „Danke" hinterdrein rufen.

Zu Hause probierte es sogleich die neuen Stiefel an. Die Füße wollten aber nicht so recht hinein – ein Goldstück verbarg sich in jedem der Stiefel.

Vater und Tochter haben nun – solange Märchen noch wahr werden – jeden Tag satt zu essen.

Unheimliche Begegnung

Zum ersten Mal war ich auf ein Schloss eingeladen worden.

Unten im Dorf hatte ich erfahren, dass der Herrensitz aus der Zeit der Tudors zu besichtigen war. Für eine größere Geldsumme konnte man darin auch übernachten. Das war so richtig etwas für mein romantisches Gemüt, schwärmte ich doch für die Zeit Heinrichs VIII. Er selbst war nie auf diesem Schloss gewesen, aber immerhin sollte noch vieles an die alten Tage erinnern.

Am Donnerstag war es dann soweit.

Ich packte einen kleineren Koffer mit meinem einzigen Abendkleid, den Nachtutensilien und ein paar Kerzen.

Im Schloss wurden ich und das andere halbe Dutzend Leute, die auch eine Nacht dort erleben wollten, herzlich begrüßt. Diener geleiteten uns in unsere Zimmer und verkündeten, dass das Dinner pünktlich um 19 Uhr beginnen würde.

Ich erkundete das Zimmer mit dem prächtigen Himmelbett in der Mitte. Die Tapeten waren aus gepunztem Leder, die Bettüberdecke und Vorhänge aus schwerem rotem Brokat. Er wirkte etwas staubig und zeigte an den Ecken Anzeichen von Verschleiß. Das passte für meinen Geschmack perfekt.

In der einen Ecke befand sich ein riesiger Kamin mit Marmorumrahmung, davor ein kunstvoll geschmiedetes Gitter. Jetzt im Frühherbst wurde natürlich kein Feuer darin entzündet – wenn überhaupt je. Denn hinter einem Eichensekretär entdeckte ich versteckt eine moderne Zentralheizung.

Das Dinner war erlesen… aber eben nur ein Dinner. Die Unterhaltung zwischen den Gästen, die sich nicht kannten, war zunächst schleppend, bis ein etwas dicklicher, rotgesichtiger Mann anfing, beim Portwein Gruselgeschichten zu erzählen.

Spät wurde es, bevor sich die Gesellschaft auflöste und ich in mein Zimmer kam. Ich guckte noch einmal aus dem Fenster, bevor ich mich zur Nacht fertig machte. Ein fast voller Mond hing über den Buchen des Parks. Ich entdeckte seitlich einen Hof mit einem alten Brunnen, der malerisch im Mondlicht glänzte.

In aller Herrgottsfrühe wurde ich durch irgendetwas geweckt. Es klang wie ein Flüstern und leises Füßescharren. Ich zog wohl zitternd meinen Atem ein, denn nun vernahm ich eine leise Stimme, die zu mir sagte: „Hab keine Angst. Ich komme gleich zurück." Dann war alles wieder still.

Ich setzte mich im Bett auf und griff zur Taschenlampe. Ihre Batterie war alle, es blieb dunkel im Raum. An die Kerzen kam ich nicht heran. Und wieder hörte ich die zarte Stimme: „Hab keine Angst."

„Wer bist du?", fragte ich, bekam aber keine Antwort.

„Was willst du von mir?", versuchte ich es aufs Neue.

„Ich brauche deine Hilfe. Wir treffen uns gleich im Hof hinter dem Brunnen."

Nun war nur noch das Rauschen der Blätter zu hören. Nach einer kleinen Weile nahm ich mir ein Herz, stand auf und schlich barfuß leise die marmorne Paradetreppe hinunter bis in den Speiseraum. Da ich die Ausgänge alle verschlossen glaubte, schob ich eines der Fenster hoch und kletterte dort hinaus. Ich lief auf dem feuchten Rasen neben dem Kiesweg entlang, bis ich den Brunnen erreichte.

Dort war niemand.

„Wo bist du?", flüsterte ich.

„Hier unter dem Haselstrauch, drei Schritte weiter."

Aber auch dort sah ich niemanden, hörte nur ein leises Rascheln wie von einer Maus. Auf dem Gras leuchtete etwas. Ich bückte mich und erkannte, dass es eine kleine goldene Krone war, die auf einer Rosenblüte lag.

„Wenn du hilfst, ist sie dein und auch die Macht über uns alle."

„Was muss ich tun?", fragte ich mehr neugierig als wirklich zur Hilfe bereit.

„Hol uns den Mond vom Himmel. Wir brauchen sein mildes Licht für unsere Toten. Sie können dann wieder lebendig werden."

„Nein", antwortete ich nachdrücklich, „das ist eine zu maßlose Tat für uns Menschen. Da müsst ihr schon die Engel im Himmel bitten. Ich kann das nicht."

Ich hörte ein herzzerreißendes Schluchzen, dann war alles still. Die Krone war verschwunden, nur ein verwelktes Rosenblatt lag auf dem Gras.

In einem der Bäume gab eine Amsel einen flötenden Ton von sich, den ersten schwachen hellen Streifen am Horizont zu begrüßen.

Ich ging zur Vorderseite des Schlosses zurück, um durch das Fenster wieder hereinzukriechen, aber das schwere Portal stand offen.

Als ich bei hellem Sonnenlicht wieder erwachte, wunderte ich mich über den seltsamen Traum. Was hatte er zu bedeuten? Eine Glocke erklang melodisch, Zeit für das Frühstück in einer Viertelstunde.

Ich schlüpfte schnell in meine Kleider.

Als ich die Strümpfe anziehen wollte, klebten Gras und kleine Steinchen an meinen Füßen.

Rosa Häschen

Es läutete. Lotti tänzelte neugierig zur Haustür und guckte durch den Spion. Ein Mann stand draußen mit einem großen Paket in der Hand. Lotti öffnete. Der Mann stellte das Paket in den Hausflur und zeigte auf ein Gerät, das wie ein übergroßes Handy aussah. „Ich brauch noch ne Unterschrift", sagte er. „Kann ich das machen?", fragte Lotti.

„Nee, das muss ein Erwachsener unterschreiben."

„Mama, komm mal, du musst unterschreiben!"

Mit bemehlten Händen kam sie aus der Küche.

„Ach, ein Paket!" Sie wischte die Hände kurzerhand an der Schürze ab, nahm den Stift und schrieb auf die Oberfläche des Geräts.

„Das gilt?", staunte Lotti.

„Ja, das gilt wie früher eine Unterschrift auf einem Zettel", sagte der Postmann, steckte das Gerät wieder ein und verabschiedete sich.

„Machen wir es gleich auf, Mama?"

„Nein. Dein Geburtstag ist erst morgen. Nun lass mich wieder an meinen Kuchenteig."

Lotti nahm das Paket auf den Arm. Es war seltsam leicht für einen so großen Karton. Sie sah nach dem Absender. Es stammte von Tante Magda aus München. Dann musste darin etwas ganz besonders Feines sein. Eine Ecke war aufgestoßen. Lotti versuchte hineinzuschauen, nur leider war das Geschenk in feines Rosenpapier eingewickelt. Sie wagte nicht, das Papier aufzureißen, Mama würde das sofort merken. Lotti seufzte.

Am nächsten Morgen stand der große Karton neben dem Geburtstagstisch. Lotti stürzte sich auf ihn und öffnete ihn hastig. Das Rosenpapier riss sie einfach ab. Zum Vorschein kam ein großer pinkfarbener Hase mit weichen Schlappohren.

„Mann o Mann!" Glücklich schloss Lotti den Hasen in die Arme. Da fiel ihr Blick auf eine rosa Haarbürste, auf rosa Schleifen und eine gehäkelte rosa Jacke für ihn.

„Woher weiß Tante Magda, dass Pink meine Lieblingsfarbe ist?", wollte sie wissen.

„Es scheint, dass alle Mädchen Rosa lieben oder lieben sollen", murmelte Papa. Er verkniff sich etwas, was er gern gesagt hätte, das merkte Lotti ganz genau. Sie fragte jedoch nicht, sondern packte ihre anderen Geschenke aus. Selbst die heißersehnte Uhr mit rosafarbenem Armband, reichte nicht an den Hasen heran.

Am Nachmittag besuchte ihre beste Freundin sie zum Geburtstagskaffee. Ina brachte ein Päckchen mit. Als Lotti es öffnete, lag darin ein pinkfarbener Hase. Er schien mit dem großen von Tante Magda fast identisch, nur einige Nummern kleiner.

„O wie süß", jubelte Lotti, „nun habe ich Mutter und Kind." Die beiden Mädchen vergaßen Kuchen und Kakao und die anderen Naschereien und vertieften sich in ein Mutter- und- Kind- Spiel mit den Tieren.

Und die Hasen? Ihnen gefiel es zunächst ausgezeichnet in ihrer neuen Umgebung. Die war angenehm anders als die im Laden, in dem sie auf einem harten Regal neben mehreren ihresgleichen ausharren mussten.

Hier erhielt jeder Hase ein eigenes Bett. Der große, den die Mädchen ‚Mariola' tauften, schlief in einem weichen pinkfarbenen Puppenbett mit pinkfarbenen Kissen. Jeden Abend wurde Mariola liebevoll ins Bett gebracht, nachdem Lotti ihr die rosafarbene Jacke ausgezogen und sie mit der rosa Haarbürste gebürstet hatte.

Der kleine Hase, den Lotti ‚Mini' nannte, bekam ein weißes Bettchen von der Barbiepuppe mit pinkfarbenen Kissen darin. Auch er wurde liebevoll gebürstet und bekam jedes Mal einen Kuss zum Einschlafen.

Die Hasen genossen ihr Leben in Rosa, bis Lotti für eine Woche auf Klassenreise ging und niemand sich um sie kümmerte.
Mariola schlief fast die ganze Zeit – was sollte sie sonst tun? Ihr blieb als Plüschhäsin keine Wahl.
Mini war anderer Ansicht. Da er sich nicht von selbst bewegen konnte, sann er auf ein anderes Mittel, sich zu beschäftigen. Mini strengte sich zwei Tage an, seine Gedanken darauf zu konzentrieren, ein schwarzes Näschen zu bekommen. Und siehe da, am Morgen des dritten Tages wachte er tatsächlich mit einem schwarzen Näschen auf. Lottis Mama, die Staubwischen kam, erschien Mini zwar verändert, aber sie dachte nicht lange darüber nach.
Mini machte sich daran, weitere Veränderungen zu erreichen. Er bemühte sich, mit äußerster Willensanstrengung seine Arme zu bewegen. Etwas zuckte darin, das schien vielversprechend.
Am nächsten Morgen, als Mariola einmal aufwachte, erschrak sie.
„Wie siehst du denn aus!", rief sie ängstlich, „du hast ja eine schwarze Nase und dein Fell ist zerzaust und ausgeblichen. Wirst du schneller alt als ich? Vielleicht, weil du kleiner bist?"
„I wo", antwortete Mini und hob eine Vorderpfote hoch.
„Ich habe mich nur verwandelt. Ich hatte es satt, eine so

schreckliche Farbe zu haben und hier herumliegen zu müssen."

„Wie hast du das denn angestellt?", gähnte Mariola, schon wieder im Halbschlaf. Es interessiert sie nicht. Sie war fest davon überzeugt, dass Lotti sie nur so schön pinkfarben mochte.

Als Lotti von der Klassenreise zurückkehrte, lief sie zuerst ins Kinderzimmer zu den geliebten Hasen. Mariola lag wie immer in ihrem Bett und lächelte Lotti an. Aber wo war Mini? Sein Bettchen war leer, die Kissen zerwühlt. Herausgefallen war er nicht, er lag nicht neben dem Bett. Aber wo steckte er?
Lotti befragte Mama. Die wusste es auch nicht. Sie erinnerte sich aber daran, dass sie beim Staubwischen das Häschen irgendwie verändert gefunden hatte.

Lotti suchte zunächst gründlich im rosa Barbiehaus, wo die Puppe Esmeralda reglos auf ihrem Stuhl saß. Dort fand sie Mini nicht. Lotti guckte unter ihr Bett, in den Kleiderschrank, sogar hinter die alten Bilderbücher. Vergebens.
Sie lehnte sich aufs Fensterbrett, um einen Augenblick hinaus zu schauen. Dabei fiel ihr Blick auf etwas Braunes hinter dem Blumentopf mit der künstlichen Orchidee. Da saß ein kleiner brauner Hase, der seinen Kopf drehte und sie aus großen Augen ansah. Mit der Pfote deutete er in den Garten. Verständnislos blickte Lotti ihn an. Sie machte das Fenster auf. Hopps, und Mini sprang aus dem Fenster. Lotti starrte ihm entsetzt hinterher.

Eine Woche später räumte Lotti ihr Zimmer gründlich auf. Das Barbiehaus mit Esmeralda wanderte auf den Dachboden. Auf dem Bücherbord, aus dem Lotti die alten Bilderbücher entfernt hatte, erhielt Mariola ihren Platz. Die arme Häsin in ihrem pinkfarbenen Fell wurde aber nicht mehr sehr beachtet.

Lotti trug nicht länger rosa T-shirts und rosa Haarschleifen. Sie hatte mit Pink ein für allemal Schluss gemacht.

Eines Tages stand ein geräumiger Käfig in ihrem Zimmer. Zwei lebende Meerschweinchen hoppelten darin herum.

Die Füchsin

Der Morgen erwachte heiß und grell über dem Tal.

Das Haus am Waldrand duckte sich in den spärlichen Schatten der Eichen. Ihre Blätter waren verbrannt. Ringsum lauerte Tod und Verderben, denn es hatte eine Ewigkeit nicht mehr geregnet.

Die Bäche waren ausgetrocknet, der kleine See im Tal lag ohne Wasser, eine harte Kruste da, wo sein Grund gewesen war. Nur der Brunnen am Haus gab täglich noch etwas her.

Die Frau seufzte. Das wenige Wasser musste sorgsam eingeteilt werden. Für das Vieh gab es schon lange nicht mehr ausreichend zu trinken, es war verdurstet. Nur Lisa, die gute alte Kuh, wurde noch getränkt, denn sie musste die Milch geben für den kleinen Jakob, den vier-jährigen Sohn.

Die Frau, Grete, seufzte erneut und schaute sorgenvoll tief in den Brunnen. Da zupfte etwas an ihrem langen Rock. Als sie hinschaute, saß da eine struppige Füchsin und sah bittend zu ihr hoch.

„Geh weg, was willst du hier?", murrte die Frau verär-gert, „hier gibt es nicht zu holen. Kein Huhn, keine Gans, nicht einmal eine Maus. Alles tot und von der Hitze zerfallen."

„Bitte", hörte Grete, „ich bin durstig, gib mir ein wenig Wasser."

Als sie sich umsah, war da niemand, der sie angespro-chen haben konnte.

„Bitte!" Wieder wurde an ihrem Rock gezupft. Die Füch-sin sah sie immer noch bettelnd an. Halb ärgerlich, halb erstaunt, machte Grete eine scheuchende Bewegung. Das Tier schüttelte den Kopf, stellte sich auf die Hinter-beine und legte die Vorderpfoten bittend übereiander: „Ich bin so durstig, bitte!", sprach das Tier.

„Warte", sagte die Frau schließlich, „ich hole ein Gefäß." Als sie zurückkehrte, hatte sie eine alte Tasse in der Hand, in der eine Spur von Milch war. Da hinein goss sie Wasser aus dem Eimer und stellte die Tasse vor das dur-stige Tier. Die Füchsin trank und schleckte die Flüssigkeit bis auf den letzten Tropfen aus dem Gefäß.

Plötzlich fuhr ein gewaltiger Blitz vom Himmel. Er schlug in die nächste Eiche ein. Sie stürzte um und begrub ei-nen Teil des Hauses unter ihren fast kahlen Ästen.

Grete stieß einen Schrei aus. Sie rannte wie um ihr Leben ins Haus, um den kleinen Jakob zu retten. Kaum hatte sie die Haustür erreicht, stürzte Regen wie aus dem Nichts herab.

Die Mutter fand ihr Kind in dem teilweise zerstörten Haus unverletzt. Und auch im Stall war die Kuh noch am Leben.

Der Regen rauschte unentwegt mit aller Kraft aus dem wolkenlosen Himmel. Grete wurde es unheimlich. Mit Mühe zerrte sie die verängstigte Kuh in den unversehrten Teil des Hauses, wo sie auch schon Jakob ins Trockene gebracht hatte. Aus der Küche rettete sie die letzten Reste der Vorräte.

Als ihr Mann am nächsten Tag aus der Stadt zurück kehrte, regnete es noch immer, wenn auch nicht mehr so stark.

Die Frau erzählte auf seine Fragen hin die Geschichte mit der Füchsin.

„Wie konntest du nur einem räuberischen Tier einen Gefallen tun!", schimpfte er. „Nun ist unser Haus zerstört und wir sind noch ärmer als vorher. Grete, Grete, wie konntest du nur!"

„Die Füchsin war etwas Besonderes, Kurt. Sie hat mit menschlicher Stimme gesprochen. Und ich glaube, sie hat den Regen geschickt. Nun kann das Gras wieder wachsen für die Kuh."

„Papperlapapp. Du hast dir das Reden nur eingebildet. Du bist schon immer zu gutgläubig und verträumt gewesen. Jetzt müssen wir hier weg."

„Ohne Regen hätten wir auch weggehen müssen, denn der Brunnen war fast leer. Wie hätten wir denn ohne Wasser…"

In dem Moment klopfte es an die Tür. Davor stand eine schöne junge Frau in hellen Kleidern. Die waren zum Erstaunen des Ehepaares trocken. Sie trat auf Grete zu und reichte ihr lächelnd die Hand.

Dabei erklärte sie: „Du hast mich erlöst. Ich bin die Fee Regenschön. Ich war von einem Zauberer verwandelt in die struppige Füchsin. Er sagte, nur wenn ein Mensch Mitleid mit mir hätte, sei ich erlöst. Viele Jahre gab es nichts, was mich freiwillig in die Nähe von Menschen bringen konnte, denn ich fürchtete sie. Nur der grausame Durst hat mich zu dir geführt."

„Du hast mit menschlicher Stimme zu mir gesprochen", antwortete Grete, „nur darum gab ich dir das Wasser."

„Nein, du hattest Mitleid", entgegnete die Fee, und darum hast du zwei Wünsche frei."

„Du sollst…", begann Kurt, aber die Fee unterbrach ihn.

„Nicht du hast die Wünsche frei, sondern deine Frau." Und zu Grete gewandt, rief sie lächelnd: „Wünsche, was du willst, ich vertraue deinem Verstand."

Grete überlegte nicht lange. „Als erstes wünsche ich, dass das Haus wieder heil und fester wird. Dann wünsche ich noch, dass der Brunnen nie austrocknet und immer sauberes, klares Wasser gibt."

Da begann ein Poltern und Rumpeln. Das Haus wurde größer mit festem Dach und Mauern aus Stein. Die Kuh bekam einen großen Stall, in den auch später noch mehr Tiere passen würden. Auf den Brunnen senkte sich ein solider Holzdeckel.

Dann war die Fee verschwunden.

„Warum hast du nicht Gold und Reichtum gewünscht?",
schimpfte Kurt.

„Weil wir das nicht ausgehalten hätten. Wir hätten es
verprasst, wären übermütig geworden, hätten beraubt
und betrogen werden können. So aber haben wir ein
sicheres Heim für Jakob und seine Kinder und Kindes-
kinder. So können wir leben, wie wir und unsere Eltern
gelebt haben. Sie haben uns das Fleckchen Erde
hinterlassen, das unsere Heimat ist. So soll es auch
bleiben."

Dem Frühling entgegen

Prinzessin Eisblume hielt die Rentiere an. Der Schlitten,
auf dem sie, in weiße Pelze gehüllt, saß, kam zum Still-
stand. Vor ihr auf einem Stein hockte etwas, das sie neugierig machte.

Sie betrachtete das Etwas eine Weile und staunte: da
saß ein kleines Menschlein und weinte. Das Erstaunlich-
ste aber: es war nicht in weiße Pelze gehüllt, sondern
trug Kleider in Farben, die sie nie zuvor gesehen hatte.
Sie kannte als Farben nur die verschiedensten Schattie-
rungen von Weiß, Beige und Blau. Weiß war alles im
Land des ewigen Schnees, weiß und beige die Tiere, blau
der Himmel, wenn nicht Wolken ihn bedeckten.

„Was tust du hier im Reich meines Vaters?", fragte sie mürrisch. „Es darf kein Fremder über die Grenze kommen. Das ist ein Gesetz."

„Wo ist die Grenze, über die ich gekommen bin?", fragte der Zwerg, der da vor ihr saß.

„Die Grenze ist gleich hinter dem Horizont, dort, wohin ich nicht darf."

„Woran erkennt man sie denn? Ich habe keine Grenzpfähle gesehen. Überall liegt nur der Schnee", antwortete der Zwerg.

„So genau weiß ich es auch nicht", gab Prinzessin Eisblume zu, „mein Vater meint, ich würde sie schon erkennen, denn dahinter sei alles ganz anders. - Warum weinst du überhaupt?"

„Ich habe mich verirrt, bin offenbar in die falsche Richtung gelaufen. Nirgends gibt es einen Baum oder eine Markierung, an der ich die Richtung hätte ablesen können. Ich bin am Verhungern und habe die Hoffnung, nach Hause in mein Land zu kommen, aufgegeben."

„Was ist ein Baum?", fragte die Prinzessin neugierig.

„Ein Baum ist hoch und hat viele Äste. Im Sommer trägt er grüne Blätter. Jetzt ist in meinem Land Frühling, da kommen die Blätter aus den Knospen. Und unter den Bäumen öffnen viele bunte Blumen ihre Blüten." Der Zwerg schluchzte laut auf: „Das werde ich alles nicht wiedersehen!"

Prinzessin Eisblume überlegte eine Weile stumm. Sie reichte ihm schließlich ein Stück getrocknetes Rentierfleisch und sagte: „Ich will dich bis zur Grenze auf meinem Schlitten mitnehmen. Vielleicht kann ich einen Baum sehen oder die Blumen."

„Und du wirst den wunderbaren Duft wahrnehmen, den der laue Wind von all den Pflanzen mit sich trägt", schwärmte der Zwerg und trocknete seine Tränen.

So geschah es, dass die Prinzessin das Gebot ihres Vaters übertrat. Sie lenkte die Rentiere so weit, wie noch Schnee die Erde bedeckte. Dann ließ sie den Schlitten stehen und begleitete den Zwerg zu Fuß weiter.

Ein Duft lag in der Luft, der es ihr warm ums Herz werden ließ. Sie sog ihn tief ein. Sie konnte nicht widerstehen, sie musste erfahren, was ihn hervorbrachte.

Wie sie so weitergingen, veränderte sich das Land. Erst Sträucher und dann Bäume tauchten auf. Zum allerersten Mal sah die Prinzessin die Farbe Grün: helles Grün in den jungen Blättchen der Birken, Gelbgrün in den Ahornblüten, Graugrün an den Zweigen der wilden Rosen und bräunliches Grün da, wo die Buchenblätter aus den Knospen strebten.

Sie kamen bald an eine Wiese, auf der gelbe Blumen ihre Köpfe der Sonne entgegen streckten. Unter einem Dornenstrauch am Rande lächelten blaue Veilchen.

Über dem Land lag ein fremdartiger Ton. Bienen und andere Insekten summten um die Blüten, Vögel sangen um die Wette. Prinzessin Eisblume war wie verzaubert, sie konnte gar nicht genug schnuppern und lauschen.

Zwerg und Prinzessin setzten sich ins Gras. Eisblume hatte viele, viele Fragen zu all dem, was sie sah, roch und hörte. Der Zwerg antwortete ihr geduldig. So kam der Nachmittag. Eisblume öffnete ihre Pelze, denn es wurde ihr sehr warm im Sonnenschein.

„Ich möchte für immer hier bleiben!", rief sie sehnsüchtig, „ich möchte immer den Frühling erleben!"

„Das ist wohl nicht möglich", sagte der Zwerg ernst. „Der Frühling währt nicht ewig. Und wenn der heiße Sommer kommt, wirst du dich nach der Kälte deiner Heimat sehnen. Geh zurück. Behalte den Frühling im Herzen. Vielleicht erlaubt dir dein Vater, jedes Jahr für einen Tag über die Grenze zu kommen, um den Frühling zu erleben."

Der Zwerg begleitete gegen Abend die Prinzessin zurück zu ihrem Schlitten. Sie wendete ihn und lenkte ihn in Richtung Norden. Mehrmals schaute sie sich um und winkte. Als sie in der Ferne verschwand, kehrte der Zwerg schnell um. Er wollte den Frühling nicht länger versäumen.

Das Hufeisen

Karl führte das lahmende Pferd am Zügel über den Waldweg. Beim Sprung über einen Bach hatte der Hengst sein Eisen verloren. Da es an einem Stein klirrte, war Hans gleich abgesprungen und hatte es aufgehoben. Wozu er das wertlose Eisen gebrauchen konnte, wusste er nicht. Sagte man aber nicht überall, dass ein Hufeisen

Glück brächte? Nun gut, wie auch immer, er hatte es zu sich in die Tasche gesteckt.

Dass er jetzt laufen musste, verdross ihn ein wenig, denn er wollte früh zu Hause bei Frau und Kind sein. Daraus wurde wohl erst sehr viel später etwas.

Ein Liedchen pfeifend, stapfte er gleichmäßigen Schrittes den Weg entlang. Der Hengst folgte ihm ruhig, er hatte wohl leichte Schmerzen.

An einer Weggabelung blieb Karl stehen und bedachte die Möglichkeiten. Rechts ging es bergab zur Landstraße, die mit rohen Steinen gepflastert war. Das würde dem treuen Pferd sicher nicht gefallen, es lahmte jetzt schon leicht. Der linke Weg führte sehr viel weiter über den Moosboden, eine Wohltat für die Beine von Mensch und Tier. Karl entschloss sich also, den bequemeren Weg zu wählen.

Nicht lange, da war es dunkel. Der Mond schien zwar, die dichten Zweige der Bäume verbargen jedoch das Licht auf weite Strecken. So sah Karl auch nicht, dass ein fein geknüpftes Netz quer über den Weg gespannt war. Als er dagegen stieß, fiel es über ihn. Vorsichtig versuchte er, es am Rand zu packen und dann darunter hervorzukriechen. Das gelang ihm nicht, im Gegenteil, er verhedderte sich immer mehr in den Maschen. Er konnte nur noch den Zügel loslassen.

Ergeben fügte er sich in seine Lage, die Nacht hier zuzubringen. Am nächsten Morgen kam sicherlich jemand, um nach der Bärenfalle zu sehen. Denn um eine solche konnte es sich ja nur handeln.

Ein wenig lauschte er noch dem Schnauben des Hengstes, der in der Nähe blieb. Dann schlief er ein.

Ein kurzes Wiehern weckte ihn. Kam jetzt der Bär? Das Pferd lief nicht weg, es schnaubte nur unwillig. Eine Warnung? Er fühlte, wie an dem Netz gezerrt wurde, sah aber nichts. Karl blieb deshalb stocksteif liegen, er wollte abwarten, was geschehen würde. Wieder ruckelte es am Netz. Ihm war, als ob er feine Stimmen hörte. Das konnte ebenso gut der leichte Wind sein, der sich erhob.

Stück für winziges Stück wurde sein gewebtes Gefängnis von seinem Körper gerollt. Schließlich war er frei. Er setzte sich auf und schaute um sich. Da standen sie. Zwei Dutzend kleine Männlein mit winzigen Laternen in den Händen sahen ihn erwartungsvoll an.

Karl wusste nicht, ob er das Wort an sie richten sollte. Er wartete ab.

„Du bist in unserer Macht. Wir fordern ein Lösegeld."

„Gold und Geld habe ich keins, ihr könnt den Hengst haben"

„Was soll uns das große Tier denn nützen?"

„Ihr könntet es verkaufen", schlug Karl vor.

„Wir gehen nicht zu den Menschen. Sie sind böse und hinterhältig. Wenn sie uns sehen, wollen sie uns fangen. Einstmals haben wir ihnen in einer Notzeit geholfen, aber sie haben ihren Schabernack mit uns getrieben. Seitdem betrachten wir sie als Feinde und verlangen den uns entgangenen Lohn, indem wir ab und zu einen fangen und Lösegeld fordern und erhalten."

„Na, na, so böse sind nicht alle Menschen. Meist sind sie friedlich und ehrlich. Natürlich sind sie neugierig", meinte Karl. „Sie wollen immer alles ganz genau wissen. Daher glauben manche, wenn sie einen von euch herumzeigen könnten, wüssten sie mehr. Manche fürchten euch sogar. Wenn etwas von eurer Wegelagerei zu ihnen gedrungen ist, haben sie ja auch allen Grund dazu."

Hans holte das Hufeisen aus der Tasche und zeigte es ihnen. „Manche Menschen glauben, dass ein Hufeisen, das sich vom Huf eines Pferdes gelöst hat, Glück bringt. Bewiesen ist das noch nie. Manchen hat es kein Glück gebracht, anderen vielleicht, wenn sie nicht sowieso Glück gehabt und nur zufällig das Eisen bei sich getragen oder über die Haustür genagelt hätten."

„Gib uns das Hufeisen als Lösegeld, damit wir in Zukunft Glück haben", verlangte einer der kleinen Wichte.

„Gern", antwortete Karl, „aber wenn ihr kein Glück haben solltet... ich habe euch gewarnt."

So kam Karl frei, nahm sein Pferd am Zügel und wanderte los. Gegen Mittag war er zu Hause. Mit keiner Silbe erzählte er von seinem nächtlichen Abenteuer. Er wollte nicht ausgelacht werden.

Ein Jahr später, als er nur noch selten an die Nacht im Wald dachte, kam ein Trupp Reiter an seinen Hof. Seine Frau öffnete ängstlich die Tür, die Kinder starrten die gut gekleideten Reiter neugierig an.

„Ist der Hausherr da?", fragte einer der Reiter die Frau freundlich.

„Ja, er ist hinten im Stall bei seinem Hengst."

Die Reiter bogen um die Hausecke, da kam Karl schon mit dem Pferd am Zügel aus dem Stall.

„Lieber Herr, wir kommen, dir zu danken."

Karl riss die Augen auf, er kannte die Reiter nicht. Er konnte nur verdutzt stottern: „Wer...w...wer seid ihr?"

„Wir sind die kleinen Wegelagerer vom letzten Jahr. Dein Hufeisen hat uns erlöst, als wir es ordentlich geputzt hatten. Vom Teufel waren wir vor vielen Jahren verwünscht worden. Er kam, wollte nach uns sehen. Als er das glänzende Hufeisen bemerkte, versprach er uns die Rückverwandlung in Menschen, wenn wir es ihm überließen. Ihm fehlte ein goldenes Eisen an seinem rechten Huf."

„Wie ich sehe, hat es euch Glück gebracht, das ihr nötiger hattet als ich."

„Und wir haben erfahren, dass es nur einmal Glück bringt. Dem Teufel wird es nichts nützen, es ist ihm zu groß. Und welcher Schmied wird es ihm wohl kleiner machen? Mit dem Teufel will keiner etwas zu tun haben."

„Nein, wahrlich nicht", lachte Karl aus voller Kehle.

„Wir müssen weiter zum Königshof. Hier nimm!" Mit diesen Worten warf einer der Reiter einen Beutel, den Hans geschickt auffing. Dann stoben sie davon.

Als Hans den Beutel öffnete, war darin – nein, kein Gold, ...aber drei Haare des Teufels, von denen man glaubt, sie brächten ebenfalls Glück.

Unbekannte Wesen

Fast unmerklich schwebte das kleine Oktaeder auf die Wiese und fand seinen Landeplatz neben den Blättern eines Gänseblümchens. Der feine Summton, mit dem das Gerät herangekommen war, verstummte. Die Sonne spiegelte sich auf drei tiefblauen Oberflächen und warf einen schwachen blauen Schimmer auf die einzige Blüte der Pflanze. Ein Vogel sang im nahen Schlehenstrauch.
Nach einer Weile wankte das Oktaeder ein klein wenig, eine Seite öffnete sich langsam. Ein winziges rotes Gesichtchen guckte auf die grünen Blätter und stieß einen spitzen Schrei aus. Der Vogel im Busch verstummte.

Langsam, ganz langsam entstieg ein Wesen, kaum grösser als eine rote Waldameise, dem blauen Gefährt. Vorsichtig umrundete es die Gänseblümchenpflanze. Einmal schien es über einen Grashalm zu stolpern. Wieder stieß es seinen spitzen Schrei aus. Diesmal antwortete der Vogel, er setzte seinen Gesang nun fort, als ob nichts geschehen sei.
Das kleine Wesen kletterte auf ein Blatt und betrachtete die Blume genau. Weiß und rosa reckte sie stolz ihr Blütenköpfchen zur Sonne empor.
Eine Hummel kam mit lautem Brummen geflogen. Das unbekannte Wesen rettete sich Hals über Kopf in das Oktaeder und verschloss es.
So ging es mehrmals: das Wesen kam heraus, schaute sich gründlich um und verschwand bei dem geringsten Geräusch in der Nähe. Das war auch nötig, denn einmal huschte eine Maus heran und schob das blaue Ding mit

73

dem spitzen Näschen ein wenig zur Seite in der Hoffnung, etwas Fressbares entdeckt zu haben.
So verging der Nachmittag, die Abenddämmerung breitete erste Schatten über die Wiese, den Schlehenbusch und das Gänseblümchen. Der Vogel ging schlafen, er sang nicht mehr, das Blümchen schloss seine Blütenblätter, nur die Grashalme rauschten leise im aufkommenden Nachtwind.

Der Mond stieg rund am Himmel empor. Er staunte nicht schlecht, als er das blaue Gefährt, das jetzt von innen her leuchtete, auf der Wiese entdeckte. Hatte er nicht vorige Nacht viele von solchen Dingen am Himmel gesehen? Und eines war nun auf der Erde gelandet! Fast vergaß er, weiter zu wandern, so neugierig war er.
Wieder öffnete sich die eine Seite des Oktaeders. Das unbekannte Wesen stieg aus. Es winkte in die Luke und viele Wesen folgten ihm. Zielstrebig trippelten sie auf den Busch zu. Sie hielten an, gaben sich die Hände, brummten etwas in tiefen Tönen und wurden allmählich größer und größer.

Im Reich des Lächelns

Ins Reich des Lächelns kommt man nur auf einem Waldweg, der hinter einer alten Kastanie von der Landstraße abbiegt. Den Weg bedecken Moos und Gras. Er führt unter dem grünen Blätterdach in vielen Windungen in das fast unbekannte Land. Menschen verirren sich selten auf diesen Weg in den Wald.

Eines Tages rennt ein junger Mann die Landstraße entlang. Er sucht einen Verfolger abzuschütteln, der bedrohlich den Abstand zwischen ihnen verringert. Hinter der dicken Kastanie verschnauft der junge Mann einen Augenblick. Er überlegt, ob er in den Baum steigen soll, um von oben eine bessere Position für seine Verteidigung, die ihm unausweichlich scheint, zu bekommen. Da entdeckt er den moosüberwachsenen Weg. Er hört ein leises Summen.
Bienen fliegen den Weg entlang ins Waldesinnere. Es scheint ihm, als wollen sie ihm den Weg der Rettung zeigen. Kurzentschlossen folgt er ihnen und ist hinter der nächsten Waldbiegung verschwunden, bevor sein Verfolger den alten Baum erreicht.

Der Bursche, der den Verschwundenen verfolgt, nimmt den Weg nicht wahr. Er rennt noch ein Stück die Landstraße entlang, kann den anderen aber nirgends entdecken. Ärgerlich brummend kehrt er um, geht langsam die Straße zurück und späht dabei in jede Baumkrone. Dort vermutet er den Verfolgten. Es scheint doch klar, dass der Schwächere sich eine gute Stelle zur Verteidigung aussuchen würde. Die Baumkronen am Straßenrand sind alle leer. Auch biegt kein Weg in den Wald ab. Neben der Kastanie beobachtet er einen Moment lang zwei Kaninchen, die genüsslich das junge Gras fressen.

Inzwischen geht der junge Mann unbehelligt weiter, tiefer und tiefer in den Wald, immer noch geführt von den Bienen. Da kommt er an eine Lichtung. Sie ist groß und - soweit er sehen kann -, kreisrund. Er staunt, als unvermutet eine liebliche Stimme ertönt, die ruft: „Willkommen im Reich des Lächelns!"
Der junge Mann schaut sich suchend im Kreis um, kann aber niemanden entdecken. Deshalb setzt er sich einfach ins Gras, auch um sich von dem schnellen Lauf zu erholen. Er schläft ein unter dem Summen der Bienen, die in den vielen Blumen auf der Lichtung fleißig Honig sammeln.

Als er erwacht, steht die Sonne schon tief. Bald wird es Nacht sein. Der junge Mann schaut sich noch einmal um. Er überlegt, wo er die Nacht wohl am besten verbringen soll, ohne von wilden Tieren belästigt zu werden. Da entdeckt er in einem hohen Baum ein Häuschen aus Ästen und Blättern. Eine Leiter führt hinauf. Aufgeregt ruft er mehrmals „Hallo! Heda!", um sich bemerkbar zu machen.
Als keine Antwort kommt, steigt er die Leiter hoch und schlüpft in das Baumhaus. Wie staunt er, als er im Innern all das findet, was zu einem Hausstand gehört: Herd, Tisch und Stühle, ein weiches Bett mit einer seidenen Decke darüber, einen großen Spiegel und silbernes Essgeschirr. Ihm scheint auch, dass das Baumhaus viel größer ist, als es von außen den Anschein gehabt hatte.
Als er in einen Topf auf dem Herd guckt, findet er darin eine leckere Suppe. Schnell zündet er das Feuer an und wärmt die Suppe. Sie schmeckt ausgezeichnet.

Nachdem er den Hunger gestillt hat, besieht er sich die Gegenstände im Häuschen näher. Auf dem silbernen Geschirr und den silbernen Bestecken prangt in zierlichen Buchstaben der Satz, den er am Vormittag im Wald hatte rufen hören: „Willkommen im Reich des Lächelns". Auch sind diese Worte in die Bettwäsche, die Handtücher und die Servietten gestickt. Was hat es mit diesen Worten auf sich?

Der junge Mann legt sich auf das weiche Bett und beginnt zu grübeln. „Warum hat mein Bruder es nicht einfach hingenommen, dass Gertrud nicht seine Frau werden, sondern lieber mich, den Jüngeren, heiraten wollte, obwohl ich nichts erben würde? Warum ist der Bruder deshalb so zornig, dass er mir nach dem Leben trachtet?" Der junge Mann kann das nicht verstehen, denn Eifersucht ist ihm fremd. Er schläft über seinen Gedanken ein und fällt in wirre Träume.

Um Mitternacht wird er durch Geräusche geweckt. Er hört, wie die Tür sich öffnet und jemand leise eintritt. Seide raschelt, aber nicht die Seide, auf der er reglos mit angehaltenem Atem liegt. Dann stößt ein Fuß an einen Stuhl und ein leises Stöhnen ertönt. Darauf wird alles wieder still.
„Wer bist du?", fragte der junge Mann leise in das Dunkel.
„Und wer bist du, der du hier einfach eingedrungen bist?", will die liebliche Stimme vom Vormittag wissen.

„Ich bin Oswald, der jüngere Sohn des Mühlenbesitzers im Dorf. Ich bin vor meinem Bruder geflohen, der mich töten wollte um einer Frau willen."

Ein Licht wird nun angezündet, eine schöne junge Frau in einem himmelblauen Kleid steht an den Tisch gelehnt. Oswald kann im Bett keine Verbeugung machen, aber er lächelt die schöne Frau freundlich an.

„Ich bin die Königin hier im Reich des Lächelns", verkündet die liebliche Gestalt, „du kannst mich Grisala nennen."

„Wenn du die Königin hier bist… warum wohnst du in keinem Palast, sondern in einem Baumhaus?", platzt Oswald neugierig heraus.

„Du bist noch fremd hier, Oswald, dies ist kein gewöhnliches Baumhaus, dies ist mein Palast. Hier wohnt das Lächeln, das allem die Schatten des Schicksals nimmt. Wenn du dieses Lächeln erlernen kannst, dann bist du fähig, alles, was schmerzt, zu besiegen."

„Dann will ich gleich anfangen mit dem Lernen", ruft Oswald begierig, „was muss ich tun?"

„Du darfst nicht so stürmisch sein, du musst das Warten lernen. Du musst lernen, böse Gedanken zu bekämpfen. Zu allen Menschen darfst du nur freundlich reden. Gute Erinnerungen sollst du pflegen und die bösen vergessen. Und du musst lächeln, immer lächeln."

„Das wird schwer und leicht sein", meint Oswald.

Er bleibt ein Jahr bei der Königin im Reich des Lächelns. Dann hat er all das gelernt.

Er kehrt zurück ins Dorf zu seiner Familie. Seine Eltern freuen sich riesig, dass er heimgefunden hat. Sie haben

ihn sehr vermisst. Sein Bruder guckt finster und rach-
süchtig. Gertrud hatte ihn nach langem Sträuben geheiratet, weil sie Oswald verloren geglaubt hatte. Lieben
kann sie ihren Mann dennoch nicht, das ärgert und ver-
bittert ihn noch mehr. Daran gibt er Oswald die Schuld.
Oswald aber lächelt gewinnend seinen Bruder an und
gratuliert ihm zu seinem Ehestand.
„Lass uns die alte Geschichte vergessen", bittet er. Und
zu Gertrud gewandt, sagt er in eindringlichem Ton: „Ich
komme aus dem Reich des Lächelns. Die Königin dort
hat mich in die Lehre genommen. Lächeln ist das Beste,
was ein Mensch tun kann, egal, wie das Schicksal auch
spielt. Sei du zufrieden mit deiner Heirat und lerne zu
lächeln. Dann wird auch dein Herz schmelzen und du
wirst deinen Mann zu einem besseren und verständnis-
volleren Menschen machen. Ich werde nicht lange bei
euch bleiben, so dass du mich vergessen kannst."
Oswald bleibt nur ein paar Tage im Hause der Eltern,
dann geht er fort, um anderswo sein Glück zu suchen.
Beim Abschied lächeln alle einander an.

Die Erlösung der Fee

An die unsichtbare Mauer gelehnt, stand die Fee und sah weit ins Land hinein.

In der Ferne bei den drei Hügeln sah sie undeutlich menschliche Gestalten gehen. Keine guckte in ihre Richtung. Wozu auch, sie hätten nichts gesehen.

Die Fee wollte sich schon traurig abwenden und in ihre Hütte zurückkehren, da bemerkte sie, wie ein kleiner Junge vom Pfad der Menschen abbog und in ihre Richtung lief. Zuerst ging das Kind nur langsam, und die Fee wappnete sich schon gegen ihre Enttäuschung. Dann aber rannte der Junge genau auf sie zu.

Bevor er die Fee ganz erreichen konnte, prallte er gegen etwas Hartes. Verdutzt sah sich das Kerlchen um. Es guckte zu der Unbekannten hoch, ungläubig und erstaunt.

„Warum kann ich nicht zu dir?", fragte es.

„Ich bin hier eingesperrt hinter einer unsichtbaren Mauer."

„Warum?"

„Die anderen Feen haben mich nicht leiden können, denn ich habe immerzu gelacht und Unsinn getrieben. Das gehört sich nicht für eine von uns, haben sie gemeint. Und damit ich nicht weiteren Unfug machen kann, bin ich von dieser Wand umgeben und kann nicht mehr in Wald und Feld."

„Ist das nicht langweilig?", fragte mitfühlend das Kind.

„Langweilig, sehr langweilig. Ich muss oft weinen, weil ich so allein bin."

„Kann niemand zu dir? Auch keine Großen? Die können doch über die Mauer steigen."

„So einfach ist das nicht. Sie wächst, wenn jemand versucht sie zu erklimmen. Ich habe es mehrmals probiert und konnte es nicht. Auch ein Jäger hat es einmal versucht, und selbst, als er eine Leiter an sie lehnte, wuchs sie noch höher."

„Das ist gemein von den anderen", empörte sich der Junge, „so gemein".

Über ihren Köpfen flog ein Vogel hin und her um Mücken zu jagen. Der Junge bemerkte ihn und meinte: „Der Vogel kann aber rüber!"

„Ja", sagte die Fee, „er ist ja auch kein Mensch. Manchmal kommen auch Mäuse unter der Mauer durch zu mir."

„Na prima", strahlte das Kerlchen, „vielleicht wächst sie nicht in die Erde."

„Was meinst du damit?", fragte die Fee.

„Dann kann ich vielleicht zu dir, wenn ich ein Loch grabe...", überlegte das Kind.

„Möglich wäre es", sinnierte die Fee, „wie willst du das schaffen?"

„Ich brauche eine Schaufel. Hast du eine?"

„Eine Schaufel? Ich weiß nicht. Vielleicht ist eine im Haus. Ich muss nachsehen, denn ich habe noch nie eine Schaufel gebraucht. Wartest du hier auf mich?"

„Ja klar! Ich will doch sehen, wie es auf deiner Seite weitergeht."

Die Fee schwebte zu ihrer Hütte und kam nach einer Weile mit einer kleinen Schaufel wieder.

„Wie soll ich sie dir denn geben", fragte sie, „ich kann nicht einmal meinen Arm über die Mauer ausstrecken."
„Wart mal, lass mich überlegen", sagte der Junge.
Er schaute die Fee an, dachte an den Vogel, der in diesem Moment wieder frei von einer Seite auf die andere flog und strahlte: „Wenn der Vogel rüber kann, dann kannst du die Schaufel auch rüber werfen. Sie ist kein Mensch."
Die Fee lachte, holte Schwung und warf die Schaufel. Tatsächlich, sie landete vor den Füßen des Knaben. Er hob sie auf und begann eifrig ein Loch zu graben. Die Schaufel war klein und er hatte nicht lange genug Kraft, die Erde zu bewegen. So würde es nie geschafft werden.
„Wirf die Schaufel zurück, jetzt bin ich an der Reihe und werde von dieser Seite ein Loch buddeln."
So wechselten sich beide mit Graben ab. Ganz langsam, ganz langsam nahm das Loch eine Form an, durch die ein kleines Kind krabbeln konnte. Aber es lag noch so viel Arbeit vor ihnen!

Der Abend senkte sich über den Wald. Beide wurden furchtbar müde. Der Junge schlief neben seiner kleinen Schaufel ein. Die Fee betrachtete ihn noch lange und grübelte. Dann legte sie sich neben dem Sandhaufen auf ihrer Seite zum Schlaf nieder. Der Junge sollte keine Angst bekommen, wenn er zufällig aufwachen sollte.

Mitten in der Nacht kamen drei Zwerge ihres Wegs. Sie kannten die unsichtbare Mauer, sie wies ihnen in der Dunkelheit ihren Weg, wenn sie sie mit den Händen

ertasteten. Da aber der Mond schien, konnten sie diesmal dem Weg ohne Schwierigkeiten folgen.

Da lag etwas auf der Erde! Neugierig traten sie näher
und blickten erstaunt auf das schlafende Menschenkind.
Dann sahen sie den Haufen Erde, den der Junge schon
ausgegraben hatte. Verständnislos betrachteten sie
Kind, Erdhaufen und die kleine Schaufel. Ein Zwerg
schaute zufällig auf die andere Seite und entdeckte die
schlafende Fee im Gras. Auch neben ihr war Sand auf-
getürmt. Was ging hier vor?

Plötzlich lachten die Drei. „Das ist eine gute Idee! Die anderen Feen werden sich tüchtig ärgern, wenn unsere
Fee freikommt!", rief ein Zwerg leise. „Warum sind nicht
wir auf die Idee gekommen? Unsere Aufgabe ist es doch,
tiefe Löcher in die Erde zu graben und das Gold oder
Silber herauszuholen", meinte der zweite. Sie sahen sich
an und grinsten unvermittelt.

„Klar doch, wir vollenden das Werk! Die beiden sind viel
zu schwach, um mit der lächerlich kleinen Schaufel den
Gang zu graben."

Gemeinsam machten sie sich vorsichtig an ihre Aufgabe.
Es sollte ihr Geheimnis bleiben, wie der Gang zustande
gekommen war. Und siehe da: Kein Widerstand war zu
spüren da, wo die Mauer auf den Boden traf. Die Feen
hatten vergessen, den Zauber des Wachsens auch an die
untere Kante zu wünschen.

Am Morgen staunte die Fee nicht schlecht, als sie den
fertigen Gang entdeckte. Sie legte sich der Länge nach
vor das Loch und kroch mutig hinein, um gleich mit dem
Gesicht schon auf der anderen Seite herauszulugen. Wie

eine Schlange wand sie sich mit dem Körper aus dem Loch und setzte sich neben den schlafenden Jungen.

Als der kurz darauf erwachte, lachte er: „du bist ganz schmutzig geworden!" Dann staunte er über das fertige Loch. „Wer war das? Hast du die ganze Nacht gearbeitet?"

„Nein", lächelte die Fee, „ich habe fest geschlafen und dachte schon, du hättest die schwere Arbeit getan."

„Aber wer dann?"

„Frage mich nicht, ich weiß es nicht. Jetzt bin ich frei." Sie lief im Tanzschritt hin und her und kam dabei auf ihre Seite.

„Die Mauer ist weg", staunte der Junge. Er probierte auch gleich aus, ob er die Grenze überschreiten konnte. Es gelang ihm mühelos.

Die Fee lud ihn zum Frühstück in ihre Hütte ein. Als sie sich dem Platz näherten, an dem die Hütte gestanden hatte, sahen sie einen zierlichen Palast. Die Fee umarmte den Jungen.

„Nun ist alles wieder gut. Ich kann lachen, soviel ich will, ich kann auch wieder Unsinn machen! Zweimal können mich alle Feen der Welt nicht wieder einsperren."

Sie nahm ihn an die Hand. Gemeinsam betraten sie das Schlösschen, wo schon ein Frühstück auf sie wartete.

„Musst du nicht nach Hause?", fragte plötzlich voller Angst die Fee.

„Ja, aber ich will nicht, denn mein Vater ist streng und hart und verprügelt mich oft, ohne dass ich etwas Böses getan habe. Kann ich nicht bei dir bleiben?"

„Nein, so schwer mir der Abschied von dir auch fällt, das geht nicht. Ich kann ein wenig zaubern und werde deinen Vater in einen liebevollen und verständigen Mann verwandeln. Geh unbesorgt heim."

Die Fee gab ihm einen goldenen Schlüssel, mit dem er sie immer finden konnte. Dann umarmte sie ihn und gab ihm einen Kuss auf die Stirn.

„Wir sehen uns bald wieder."

Der geheimnisvolle Wald

Hinter dem Haus fing der Wald an. In ihm sollte es nicht geheuer sein, hatte der letzte Besitzer des Hauses nach langem Zögern erklärt. Martin hatte es dennoch gekauft, es war recht erschwinglich gewesen.

„Lass doch den Leuten ihren Aberglauben", hatte er zu Katinka gesagt, „ihm ist schließlich in zwanzig Jahren nichts passiert."

„Und außerdem brauchen wir ja nicht in den Wald zu gehen", hatte seine Frau gemeint. „Wenn wir verdächtige Geräusche hören, wollen wir uns nicht um sie kümmern. Offenbar hat das Ungeheuer oder was sonst sich im Wald umhertreibt, die Grenze zu den Gärten und Häusern nie überschritten."

In den folgenden Wochen und Monaten werkelten Martin und Katinka eifrig am Haus, vergrößerten die Wohnstube, versahen die Küche mit einem neuen Fußboden und Herd, deckten das Dach mit tönernen Ziegeln und verbesserten, was sonst noch nicht nach ihren Wünschen war. Zuletzt bekam das Haus einen neuen

Anstrich: sie strichen die Wände blau, die Fensterrahmen rot und die Türen grün. Danach legten sie einen schönen Garten an: vorne Rosen, neben dem Haus Gemüse und ein langes Beet mit Kräutern. Abends waren sie immer so müde, dass sie früh ins Bett gingen und bis zum nächsten Morgen tief schliefen.

Das änderte sich im Herbst. Die Arbeit am und um das Haus war getan, die Gemüseernte eingebracht. Behaglichkeit am Ofen löste das Schaffen im Freien ab. Zum ersten Mal in ihrer Ehe hatten die beiden mehr Zeit füreinander. Sie führten lange Gespräche, lasen sich gegenseitig aus alten Büchern vor und schrieben ausführliche Briefe an die Eltern und Geschwister in der großen Stadt. Katinka sank eines Abends, als Martin ihr eine Sage vorlas, ohnmächtig von der Bank am Ofen. Erschrocken brachte ihr Mann sie zu Bett. Als sie die Augen aufschlug, fühlte sie sich schwach und elend. Aber sie lächelte.
„Was ist dir geschehen?", fragte Martin ratlos.
Sie nahm seine Hand und drückte sie: „Ich erwarte ein Kind. Bis gestern ging es mir gut, aber heute schon den ganzen Tag fühle ich, dass etwas nicht in Ordnung ist. Wir müssen morgen zum Arzt."
Die ganze Nacht wachte Martin am Bett seiner Frau.
Er hörte zum ersten Mal seltsame Geräusche aus dem Wald. Es klang wie Spiel und Tanz. Er vermeinte lachende Ausrufe zu hören, dazwischen feinen Gesang und das Horn eines Jägers.
Der Arzt, den sie am nächsten Tag aufsuchten, machte ihnen wenig Hoffnung, dass Katinka das Kind würde

austragen können. Genaueres konnte er nicht sagen, verschrieb viel Ruhe und verschiedene Mittel zur Stärkung. Völlig verstört kehrten die beiden in ihr schmuckes Haus zurück. Alle Freude am Geschaffenen war dahin, von nun an regierte die Furcht vor einer Fehlgeburt. Oft wachte Katinka in der Nacht auf, horchte in sich hinein, wartete auf die Bewegungen des Kindes. Dabei hörte auch sie zuweilen das Klingen von Tanz und Spiel, das Horn eines Jägers, den feinen Gesang.

Als sie eines Tages allein zu Hause und es ihr besonders beklommen zumute war, entsann sie sich der nächtlichen Geräusche. Sie dachte bei sich, dass solch ein fröhliches und friedliches Treiben bestimmt nichts Böses bedeuten konnte. Sie öffnete die versteckte Gartenpforte am hinteren Zaun und betrat zögernd den herbstlichen Wald. Leise raschelten die braunen Blätter unter ihren Füßen, Sonnenflecken ließen das letzte grüne Gras aufleuchten. Sie lehnte sich an einen dicken Baumstamm, denn eine plötzliche Schwäche überfiel sie. Sie schloss die Augen und holte tief Atem. Ihr war, als zupfte etwas an ihrem Mantel. Ein leiser Summton drang an ihr Ohr. Noch öffnete sie die Augen nicht, sie wollte sich noch einen Moment länger davon überzeugen, dass sie nicht träumte. Das Zupfen wiederholte sich. Ein Stimmchen wisperte:

„Blau, grün, rot,
ist unser Tod.
Weiß ist die Unschuld,
steht in unserer Huld."

87

Als Katinka die Augen öffnete, war da nichts. Sie war aber überzeugt, dass sie nicht geträumt hatte. Deshalb erzählte sie ihrem Mann von ihrer Begegnung im Wald.

Martin war nicht sonderlich überrascht, dass seine Frau im Wald gewesen war, hatte er doch selbst schon daran gedacht, dort Hilfe zu suchen. Besorgt war er nur, dass er den Spruch nicht deuten konnte, den Katinka gehört hatte.

Gemeinsam rätselten sie, was es mit den Farben auf sich haben könnte, denn es schien so, als wären sie den Wesen im Wald wichtig, augenscheinlich lebenswichtig.

In den nächsten Tagen schrieben sie jeden Gegenstand auf, der in ihrer Umgebung eine dieser drei Farben hatte. Die Liste wurde lang, aber immer noch hatten sie keine Verbindung der Gegenstände untereinander erkennen können: ein blauer Krug, eine rote Tasse, eine grüne Schürze zum Beispiel: das gab keinen Zusammenhang.

Dann fiel Schnee über Nacht. Martin ging nach draußen, um den Schnee auf dem Weg wegzuräumen. Da fiel ihm das Haus auf: blau die Wände, grün die Tür und rot die Fensterrahmen. Wie Schuppen fiel es ihm von den Augen: Das Haus in seinen Farben war die Bedrohung für die im Wald! Er und Katinka hatten es verändert durch den neuen Anstrich. Kaum konnten sie sich erinnern, wie es vorher ausgesehen hatte.

Katinka kam die Erleuchtung: weiß sollte es werden, wie die Unschuld. Die Unschuld wurde häufig durch ein neugeborenes Kind symbolisiert. Waren das die eigentliche Botschaft und das Geheimnis?

Noch am gleichen Tag ging Martin, weiße Farbe kaufen, sehr zur Verwunderung des Händlers. Am nächsten schönen Wintertag strich er das Haus weiß, so dass es sich kaum von der Schneelandschaft unterschied.

In der Nacht darauf hörten sie deutlich die Laute von Singen und Tanzen, nicht aber das Horn des Jägers. Katinka meinte, aus dem Gesang folgende Worte heraus zu hören: „Weiß...Farbe der Unschuld...jetzt Huld... Kindlein fein...".

Voller Zuversicht schliefen beide ein.

Katinka ging es in den folgenden Wochen zusehends besser. Und als der Frühling kam, brachte sie ein gesundes Mädchen zur Welt.

Mit dem Kind im Arm betrat sie mit Martin noch einmal den Wald, in dem sich das erste Grün schüchtern am Boden zeigte. Sie hatten einen Korb mitgebracht, in den sie kleine Gaben von ihren getrockneten Früchten und Kräutern aus dem Garten gelegt hatten. Darüber hatte Katinka ein Tuch gebreitet, das mit Rosenblütenblättern bestreut war. Sie zeigten das Kind in die Runde, flüsterten mehrmals ihren Dank und gingen wieder in ihr Haus.

Nie wieder betraten sie den Wald, aber auch nie wieder hörten sie die Laute von fröhlichem Tanz und Gesang. An jedem Geburtstag des Kindes jedoch fanden sie einen ersten Frühlingsgruß aus dem Wald auf der Haustürschwelle.

Falscher König

Zwei halbwüchsige Knaben lebten vor langer, langer Zeit in einer alten Burg.

Auf dem Dachboden des Turms stöberten sie einmal in einer verstaubten Truhe. Drei dicke, in Leder gebundene Bücher fielen ihnen dabei in die Hände. Neugierig öffneten sie das erste Buch. Ein Bild von einem Ritter in goldener Rüstung stach ihnen in die Augen.

Täglich fanden sie sich von nun an auf dem Dachboden ein, wann immer sie konnten, und entzifferten mühsam die alten Sagen und Märchen. War das doch ein herrliches Leben voller Abenteuer und Heldentaten damals!

Sie beschlossen, ein ebenso aufregendes Leben zu suchen. Eines Nachts schworen sie sich über einer Bibel ewige Treue und machten sich zu Blutsbrüdern.

Heimlich suchten sie nach Möglichkeiten, ihren Helden nahe zu kommen. Sie übten mit Stöcken Speerwerfen und Schwertkampf. Sie besorgten sich Messer und Stricke. Als sie eines lauen Maiabends mit den Pferden zur Tränke geschickt wurden, ritten sie einfach davon.

Nach Tagen mühseligen Umherstreifens kamen sie an einen großen Wald. Hier wollten sie bleiben und ihre Abenteuer bestehen. Sie bauten sich eine Hütte aus Zweigen und Moos, schnitzten sich Speere und fanden auch einen Knüppel, den sie als Keule benutzen konnten. Aber das Leben war nicht so angenehm, wie sie es sich vorgestellt hatten. Sie mussten sich täglich selbst etwas zum Essen besorgen und waren abends froh, wenn sie ein Kaninchen oder einen Fisch erbeutet hatten.

Immer tiefer in den Wald drangen sie vor, um an Nahrung zu kommen, denn zu den verstreut liegenden Bauernhöfen wollten sie nicht. Sie hatten Angst, entdeckt und wieder nach Hause geholt zu werden.

An einem großen Felsbrocken machten sie eines Nachmittags Rast. Da trat ein kleiner Mann auf sie zu. Im ersten Schreck wollten die Knaben wegrennen, doch die Neugierde hielt sie zurück. Der Mann lachte sie aus, was sie sehr ärgerte.
„Wie wollt ihr den Winter hier überstehen", fragte er höhnisch, „ohne festes Haus, ohne Dienstboten und ohne Geld?" Die Jungen sahen sich ratlos an. Der Winter war doch noch weit!
„Ihr seid töricht und gedankenlos. Das ist nicht Ritterart! Hier, nehmt den Beutel und macht etwas Gutes daraus." Damit warf er ihnen einen schweren Beutel zu und verschwand im Unterholz. Die beiden Knaben öffneten den Beutel: er war voller Goldstücke.

Die beiden verwendeten die ersten Goldstücke vorsichtig, eingedenk der Worte des kleinen Mannes. Sie warben Arbeiter an, die ihnen ein schönes burgähnliches Haus bauten. Sie kauften Vorräte für den Winter und stellten eine Frau ein, die ihnen die Wirtschaft besorgte und für sie kochte.
Bald aber wurde der eine der Knaben – Henner – übermütig und schlug seinem Kameraden Gustel vor, sie sollten von nun an herrschen. Er würde König werden und Gustel sein Berater.

Nach und nach stimmten die Leute der Umgebung zu, dass von nun an Henner ihr König sein sollte, denn es floss reichlich Geld. Sie versprachen sich Reichtum und ein besseres Leben von dem neuen König.

Zuerst ging alles gut. König Henner war freigebig, feierte Feste, zu denen alle eingeladen wurden, veranstaltete Jagden und ließ Jahrmärkte ausrichten. Gaukler und Zigeuner kamen, um ihre Kunststücke vorzuführen.
Gustel sah, wie das Geld allmählich dahin schmolz, obwohl der Beutel eigentlich längst hätte leer sein müssen. Aber immer noch waren Goldstücke darin. Er warnte seinen Freund Henner. Der aber wollte nichts hören, bis das letzte Gold ausgegeben war. Der Beutel blieb leer, so oft Gustel ihn auch schüttelte.

König Henner wurde griesgrämig, ständig darauf bedacht, wie er Geld oder Dienste aus seinen Untertanen herauspressen konnte. Er erließ strenge Gesetze. Wer sie übertrat, musste hohe Strafen zahlen oder umsonst Knechtsarbeit tun. Nach und nach zogen die Leute aus der Gegend weg, um ihr Geld, das sie früher ohne große Mühe erworben hatten, zu retten und dem ungerechten Herrscher zu entkommen.
Immer ärmlicher wurde das Leben für König Henner, oft war Schmalhans Küchenmeister wie in der ersten Zeit ihres Aufenthalts am Wald. Sein treuer Freund Gustel wollte ihn nicht allein lassen und ertrug das karge Leben mit ihm.
Eines Tages ging er aus, um die letzten Untertanen dazu zu bewegen, dem König zu helfen. Er traf in der Umge-

bung der Burg nur auf einen alten Bettler und ein kleines Mädchen. Beide nahm er mit zum König.

In der prunkvollen Halle saß der König missmutig auf seinem Thron. Er hatte noch immer seinen goldenen Kronreif auf der Stirn, von dem er sich nie trennte.
Als das kleine Mädchen ihn erblickte, fing sie an zu jauchzen und rief:
„Meine Mutter hat auch einen solchen Ring! Wenn sie ihn um den Kopf gelegt hat, ist sie immer ganz närrisch und spricht wirres Zeug. Bist du auch närrisch?"
„Ich weiß es nicht", antwortete König Henner, „ich trage den Reif, weil ich König bin."
„Dann bist du ein falscher König", rief das Kind, „meine Mutter behauptet, sie ist die Königin. Dabei ist sie die Tochter einer Magd."
„Kind, sei nicht so frech zu einem, der närrisch ist!" wies der Bettler es zurecht. „Wenn er zu schnell aufwacht, ist er dem Tod nahe."
Gustel erschrak bei diesen Worten und legte den Finger auf den Mund, um beide zum Schweigen zu bringen. Aber das Mädchen schaute nur auf König Henner und rief zum zweiten Mal: „Du bist ein falscher König, wach auf!"
Henner fuhr sich mit der Hand über die Stirn. Er schaute das Mädchen durchdringend an und schüttelte verwirrt den Kopf.
„Doch, du bist ein falscher König!", rief das Kind zum dritten Mal.
Da stürzte Henner vom Thron und schlug mit dem Kopf hart auf dem Boden auf. Der alte Bettler lachte schaurig

und verlangte von Gustel den Beutel, in dem einst das Gold gewesen war. Gustel warf ihm den Beutel vor die Füße und beugte sich über seinen bewusstlosen Freund. Er versuchte ihn aufzurichten, musste es aber aufgeben. Er bat das Mädchen um einen Eimer Wasser, den es auch schnell herbeiholte. Das Wasser schüttete Gustel über Henner. Der kam wieder zu sich und ließ sich in eine nahe gelegene Gesindekammer führen und auf ein Lager aus Stroh legen.

Gustel pflegte ihn, bis es ihm besser ging. Seine Erinnerung aber fand Henner nicht wieder.

Gustel und Henner verließen schließlich die einsame Gegend und schlugen sich mit Betteln durchs Leben. Wenn Gustel die Geschichte vom gescheiterten König erzählte, hielten die Leute sie für ein Märchen und spendeten dem Märchenerzähler und seinem Begleiter gern eine Mahlzeit oder einen Trunk.

Der Wunderstein

Einst wanderte ein reicher Pascha mit seinem Sohn Bagani zur großen Stadt am Fluss. Sie gingen zu Fuß, denn der Pascha hatte ein Gelübde abgelegt, den Tempel der großen Göttin aus eigener Kraft zu erreichen, um später ohne Schuld in die andere Welt überzugehen. Bevor Vater und Sohn nach Tagen einer beschwerlichen Wanderung an die ersten Häuser kamen, ruhten sie unter einem schattenspendenden Baum aus. Der Pascha lehnte sich an den Stamm. Da kroch ein Skorpion aus den Falten der Rinde und stach ihn in den Oberarm.

Ein Knabe kam des Weges. Den sprach der Pascha an und bat ihn, einen Heilkundigen zu holen, der den Stich zu heilen vermochte. Der Knabe sprach:

„O Herr, es ist nicht weit bis zur Hütte meines Onkels. Wenn du dich auf mich stützt, können wir dorthin gehen. So verlieren wir nicht so viel kostbare Zeit."

Der Pascha raffte alle seine Kräfte zusammen. Gestützt auf den Knaben und seinen Sohn kam er bis zur Hütte des Heilkundigen. Der brannte den Stich des Skorpions mit einem glimmenden Holzspan aus und legte heilende Kräuter auf.

Nach drei Tagen zogen Vater und Sohn weiter in die Stadt. Der fremde Knabe begleitete sie, denn auch er wollte dorthin.

Im Tempel der großen Göttin herrschte dichtes Gedränge. Seltsamerweise waren die Menschen nicht fröhlich wie sonst, vielmehr klagten die Männer, und die Frauen rauften ihre Haare und streuten Asche auf ihre Gewänder. Trauer herrschte und große Furcht. Eine tödliche Seuche war ausgebrochen, die niemand kannte und für die niemand ein Heilmittel wusste.

Der Pascha wurde sehr krank. Er lag fast bewusstlos auf seinem Lager in der Herberge. Er glühte im Fieber. Seine Haut wurde an vielen Stellen schwarz. Ein unerträglicher

Durst quälte ihn, den aber Wasser nicht zu löschen vermochte.

Am anderen Morgen wurde er als tot vor die Tür gelegt, um von den Leichenbestattern abgeholt zu werden.

Bagani wusste nicht, an wen er sich um Hilfe in der unbekannten Stadt wenden sollte. Seinen Vater wollte er nicht verlassen, denn er spürte noch Leben in ihm. Schließlich brach Bagani schweren Herzens auf, Hilfe zu suchen. Er lief ein Stück die Straße entlang, aber nicht zu weit. Er behielt die Herberge im Auge. Die wenigen vorbeikommenden Menschen konnten ihm keine Auskunft geben, wo Hilfe zu erwarten war. Sie waren auf der Flucht aus der Stadt. Als der Sohn sich zurück zu seinem Vater bewegte, kam ihm ein Junge entgegen. Voller Freude erkannte Bagani in ihm den Knaben, der ihnen schon einmal geholfen hatte.

„Musa", rief er, „kennst du dich hier aus?"

Musa blieb stehen. Da sah Bagani, dass über Musas Gesicht Tränen liefen.

„Was ist geschehen?", fragte er mitfühlend.

„Meine Eltern sind gestern an der Krankheit gestorben."

„Und wo willst du nun hin?"

„Ich will zu meiner Großmutter. Sie ist die einzige aus unserer Familie, die ich noch habe."

Jetzt erst besann sich Musa und fragte: „Warum bist du ganz allein auf der Straße?"

„Mein Vater ist sehr krank. Sie haben ihn für tot gehalten und vor die Tür geworfen. Ich will Hilfe suchen."

Als Musa sah, wie es um den Pascha stand, bat er Bagani, mit ihm zur Großmutter zu kommen. Sie lebte nicht weit in einem kleinen Haus. Sie hörte sich den Bericht Baganis an, holte kurzentschlossen einen Karren aus dem Verschlag und ging mit den beiden Jungen zur Herberge.

„Wir müssen deinen Vater holen, bevor die Leichenbestatter ihn finden."

Die Jungen hoben den Pascha auf, legten ihn auf den Karren und kehrten mit der Großmutter zurück. Dort wurde er auf ein Lager am Boden gelegt. Die Großmutter kochte einen besonderen Tee und flößte dem Kranken löffelweise die Flüssigkeit ein. Das schien dem Pascha zu helfen, er erwachte kurz und regte sich ein wenig.

„Geht in den Tempel an der Ecke der nächsten Straße und fragt dort nach dem bekannten Guru und Magier Zorua, er kann vielleicht weiterhelfen", befahl die alte Frau den beiden Jungen.

Im Tempel trafen sie sofort auf den Guru, er schien schon auf sie gewartet zu haben. Bagani erzählte, was seinem Vater zugestoßen war. Der Guru sah ihn eine Weile stumm an, dann sagte er:

„Es ist nicht die Seuche, die deinen Vater befallen hat. Seine Krankheit ist die Folge des Skorpionbisses. Hilfe ist nur bei euch im Palast zu finden. Dort ist ein magischer Stein verwahrt, der ein Skorpion ist. Den musst du finden, nur er kann deinen Vater heilen. Solange du unterwegs bist, wird er nicht sterben. Du musst den Stein aber allein und ungesehen finden. Du darfst niemanden fragen oder Hilfe von anderen annehmen, wenn du im

Palast bist." Mit diesen Worten entließ er die beiden Knaben.

Musa war auf dem Weg zurück in Gedanken versunken. Als er der Großmutter berichtete, was der Magier ihnen eröffnet hatte, bat er sie, mit Bagani mitgehen zu dürfen. Zu zweit würden sie mögliche Gefahren auf dem Weg zum Palast eher vermeiden als es Bagani allein könnte, der noch nicht erfahren in der Welt sei.

Die Großmutter erlaubte es.

Tage waren die beiden Knaben unterwegs durch den Dschungel und auf den Landstraßen. Sie entgingen nur durch eine List zwei Räubern, konnten sich vor einem Tiger in einem verfallenen Tempel verstecken. Immer wieder forschten sie in den Dörfern nach dem richtigen Weg zum Palast. Die Leute fragten sich, was zwei halbwüchsige Knaben beim Pascha wohl wollten.

Endlich kamen die Mauern des Palastes in Sicht.

„Hier muss ich nun warten, Bagani, den Rest der Aufgabe sollst du allein vollbringen", sagte Musa. „Sei vorsichtig, dass dich niemand erkennt, dass dich niemand erwischt in den Gewölben, in denen die Schätze aufbewahrt werden. Sei klug und tapfer. Überstürze nichts. Ich werde hier auf dich warten, auch wenn es Tage dauern sollte."

Bagani versteckte sich nahe dem Palasttor. Als die Wache vor das Tor trat, um den Wagen eines Händlers zu überprüfen, schlüpfte er in den Vorhof. Hier kannte er alle Verstecke, denn er hatte mit den Kindern des Großwesirs früher oft Verstecken in den Höfen gespielt.

Geduldig wartete er unter dem Dach eines versiegten Brunnens auf die Nacht. Dann, als es still war und nirgendwo mehr ein Licht schimmerte, kletterte er auf den Balkon des Thronsaales und gelangte von dort ohne große Mühe ins Innere des Palastes. Den Weg zur Schatzkammer kannte er, aber wie sollte er die Wache dort überlisten, ihr den Schlüssel entwenden und in das Gewölbe eindringen?

Bagani hatte Glück, der Wächter spielte mit einem Freund Schach auf einem Fass, die Schlüssel hatte er neben sich auf die Erde gelegt. Nur eine kleine Öllampe erhellte das Schachbrett. Beide Männer hoben ab und zu einen Krug und tranken durstig in großen Schlucken den Wein.
Bagani legte sich auf die glatten Marmorfliesen des Fußbodens und rutschte leise wie eine Schlange näher an die Männer heran. Mit noch mehr Geduld zog er den Schlüsselbund zu sich heran und glitt ebenso geräuschlos zurück hinter eine Säule. Hier wartete er, bis das Schachspiel zu Ende, der Freund weggetorkelt und der Wächter sich gemütlich auf einem Teppich zur Ruhe gebettet hatte. Als er schnarchte, ging Bagani ans Werk.

Die Tür zum Schatzraum ließ sich schon mit dem dritten Schlüssel, den er ausprobierte, öffnen. Von innen verschloss er sie wieder und machte sich auf die Suche nach einer Lichtquelle. Er ertastete eine Kerze auf einem Kasten, daneben fühlte er Feuerstein und Zunder liegen. Mit dem Anzünden der Kerze hatte er Mühe, denn er war nicht gewohnt, selbst Licht anzuzünden, obwohl ihm Musa gezeigt hatte, wie man ein Feuer entzündet.

Im schwachen Lichtschein öffnete er eine Truhe mit Schätzen nach der anderen. In keiner befanden sich Edelsteine. Die Kisten waren vielmehr gefüllt mit Perlen, goldenen Gegenständen, mit Münzen und zierlichem Schmuck aus Gold und Silber. Enttäuscht wandte sich Bagani ab. War er in der falschen Schatzkammer? Noch einmal warf er einen Blick in jede Truhe. In der Truhe mit Perlen bemerkte er eine Unebenheit. Etwas Dunkles lugte unter dem bleichen Schimmer der Perlen hervor. Es war die Ecke eines reich verzierten Holzkästchens. Er nahm es heraus und öffnete es. Auf grünem Samt lagen drei Edelsteine darin.

Bagani nahm sie einzeln heraus. Zwei waren geschliffen und funkelten in allen Regenbogenfarben, als er sie näher an das Licht hielt. Der dritte war glatt und rundlich, ohne eine bestimmte Form, und schimmerte wie Honig. Als er ihn näher ans Licht hielt, war er durchscheinend. In seinem Innern befand sich etwas. Es schien als ob ein gefährlicher Skorpion sich darin zusammengekrümmt hätte.

Glücklich steckte Bagani dieses Kleinod zu sich, nahm auch ein paar Goldstücke und verschloss die Kästen und Truhen wieder. Er versteckte sich im hintersten Winkel der Schatzkammer. Er musste die nächste Nacht zur Flucht abwarten, sein Gefühl sagte ihm, dass es draußen schon tagte.

Der Tag im Gewölbe wurde für Bagani der längste in seinem bisherigen Leben. Es hatte nichts zu essen, der

Durst quälte ihn. Zudem verbrachte er die Stunden in ständiger Angst, entdeckt zu werden. Nicht, dass er befürchtete, eine Strafe zu erleiden für den versuchten Diebstahl, wenn er gefunden würde. Nein, er durfte nicht entdeckt werden, sonst müsste sein Vater sterben! Vor der schweren Tür hörte er einmal einen lebhaften Wortwechsel, dann einen Schrei, auch wurde an der Tür gerüttelt, aber als sie sich nicht auftat, kehrte wieder Ruhe ein.

Sehr spät – nach seinem Gefühl – steckte Bagani den Schlüssel in die Tür und drehte ihn vorsichtig um. Einen Spalt breit öffnete er sie, aber nichts war zu hören oder zu sehen. Im Dunkeln musste er sich den Weg in den Thronsaal vorantasten. Das letzte Stück der Flucht war leichter. Über den Balkon ging es wieder zum Versteck im alten Brunnen. Dort schlief er erschöpft ein.
Als Hufklänge und laute Rufe der Wachen ihn weckten, war es heller Tag. Bagani passte eine Gelegenheit ab, so unbemerkt aus dem Tor zu schlüpfen, wie er vorgestern hineingekommen war. Wohl sah ihn einer der Wächter, hielt ihn aber für einen herumstreunenden Dorfjungen.
Musa hatte treulich gewartet und war erstaunt, dass Bagani so schnell wieder zu ihm kam.

Den Rückweg in die große Stadt schafften sie in zwei Tagen. Dank der Goldstücke hatten sie sich Pferde besorgen können. Sie stellten die Pferde am Stadtrand unter und ließen sich in einer Sänfte zum Tempel tragen.

Der Guru Zorua sah sich den Stein lange an und nickte. Er begleitete die beiden Knaben zum Haus der Großmutter.

Der Zustand des Paschas hatte sich nicht verändert, er lebte noch. Zorua legte den Stein auf die Stirn des Kranken und murmelte heilige Sprüche. Dann nahm er ein Gefäß aus seinem Umhang und entzündete ein Kräutergemisch. Allmählich kam der Pascha zu sich. Erstaunt blickte er um sich. Als er Bagani neben seinem Lager knien sah, glitt ein Lächeln über sein Gesicht.

Zorua gab der Großmutter Anweisungen, wie der Kranke weiterhin gepflegt werden sollte. Den Wunderstein mit dem Skorpion sollte er stets in der Hand halten.

Die Genesung ging nun schnell voran. Vater und Sohn begaben sich daraufhin voll Dankbarkeit zum Tempel. Der Pascha übergab den Stein mit der magischen Kraft dem Guru mit folgenden Worten: „Diese fromme Stätte soll den Stein behalten zum Guten all der Kranken, die im Tempel um Hilfe bitten."

Der Guru bedankte sich und wünschte dem Pascha und seinem Sohn den Beistand des Himmels. Dann fragte er nach dem Knaben, bei dessen Großmutter der Pascha so lange gelegen hatte.

„Musa ist jetzt ebenfalls mein Sohn", antwortete der Pascha, „ich habe ihn adoptiert und werde ihn und seine Großmutter mit in meinen Palast nehmen."

„Ich will König sein!"

In einer Hütte am Waldrand lebte einstmals eine dicke Zwergenfrau ganz allein.

Eines Tages pochte es an ihrer Tür. Sie ging und spähte durch das Guckloch, neugierig, wer da so ungestüm klopfte. Wenn es ein Räuber sein sollte, wollte sie nicht öffnen.

Alles, was sie durch das Guckloch sehen konnte, war grüner Stoff, dicker grüner Stoff, der nicht mehr ganz sauber aussah. Sie bekam einen Schrecken. Doch ein Räuber? Aber was wollte er bei ihr?

„Wer bist du?", fragte sie durch die geschlossene Tür.

„Lass mich ein, dann siehst du es", antwortete eine brummige Stimme.

„Was willst du von mir? Ich bin arm und kann dir nichts geben", sprach wieder die Zwergenfrau.

„Ich will ja gar nichts haben! Ich brauche ein Versteck!"

Nun war die Neugierde der Frau geweckt.

„Bist du auf der Flucht?" wisperte sie durch die noch immer geschlossene Tür.

„So kann man das nennen", brummte die Gestalt draußen. „Mach schnell auf, es ist mir auf den Fersen!"

Die dicke Zwergenfrau besann sich nicht lange und schob den Riegel zurück. Vor der Tür hockte ein ziemlich großer junger Mensch in einer grünen Jacke und zerfetzten Hosen. Seine Schuhe waren mit Schlamm und alten Blättern bedeckt.

„Putz dir erst mal die Schuhe ab, mit solch dreckigen Latschen kommst du mir nicht ins Haus!"

Der Kerl lachte: „Ich bin wohl ein klein wenig zu groß für dein Häuschen. Selbst wenn wir alle deine Möbel heraus räumten, hätte ich keinen Platz. Dann könnten wir die Tür nicht schließen."

„Tut mir leid", lächelte die dicke Zwergenfrau erleichtert und betrachtete den Flüchtling genauer.

„Ich heiße Kuno", stellte er sich vor, nahm seine spekkige Mütze vom Kopf und deutete eine Verbeugung an.

„Gut, Kuno, ich kann dir nicht helfen, wie du siehst. Geh woanders hin und versuche dein Glück dort."

„Nein, gute Frau, das geht nicht. Ich muss bei dir bleiben. Nur jemand vom Volk der Zwerge kann mich retten, hat die Hexe gesagt."

Kuno machte ein ganz besorgtes Gesicht und sah sehr hilflos aus, obwohl er so groß war. ‚Was sind Menschen doch für komische Wesen', dachte die Frau bei sich. Laut sagte sie zu Kuno:

„Du kannst mich Frau Trine nennen. Wenn ich dir helfen soll, muss ich genau wissen, was dir passiert ist."

„Aber nicht jetzt! Das Unglück kann jeden Augenblick hinter mir auftauchen!"

„Was für ein Unglück? Wie sieht es denn aus, wer ist es? Ich hab noch nie von einem Wesen gehört, das Unglück heißt."

„Die Hexe hat mir gedroht und gesagt: ‚das Unglück verfolgt dich bis zu den Zwergen. Wenn sie dir helfen, dann kann es überwunden werden'."

„Seltsame Worte einer Hexe", meinte Frau Trine, „aber Hexen sprechen wohl oft in Rätseln. Wenn ich das Unglück aufhalten soll, musst du mir aber erzählen, was dir widerfahren ist. Ich werde schon aufpassen, dass es nicht zu nahe kommt, ich habe scharfe Augen. Keine Angst, hier halte ich Wache, während du erzählst."

„Ich will es kurz machen", fing Kuno an. „Ich bin der Sohn eines Müllers. Mein Vater will mich ebenfalls zum Müller machen, ich will aber keiner werden. Zu viel Staub und schwere Säcke. Deshalb bin ich weggegangen von der Mühle. Ich wollte die Königstochter suchen und um ihre Hand bitten. Ach, König zu sein ist mein größter, mein allergrößter Wunsch!"

„Aha", sagte Frau Trine ernst, obwohl sie sich das Lachen kaum verkneifen konnte. „Nun bist du auf dem Weg zu ihr?"

„Nein", seufzte Kuno und sah sehr unglücklich drein, „nein, ich komme ja von ihr. Sie hat mich weggeschickt mit einem Auftrag. Wenn ich den getreulich erfülle, will sie mich zum Manne nehmen."

„Um welchen Auftrag handelt es sich denn?" fragte Frau Trine sehr viel neugieriger als vorher. Geschichten von Königstöchtern fand sie besonders spannend.

„Ich soll ihr drei lebende Mäuse bringen, einen goldenen Gockelhahn und obendrein noch ein Lied dichten und ihr dann vorsingen."

„Hast du schon angefangen mit der Suche nach diesen Dingen, Kuno?"

„O ja. Drei Mäuse hatte ich schon gefangen und in einen Korb getan. Aber über Nacht sind sie verschwunden. Der

Weidenkorb hatte ganz plötzlich ein großes Loch."

„Du liebes bisschen!", staunte die Zwergin und setzte eine mitfühlende Miene auf. „Sie sind also verschwunden, wie verzaubert?"

Kuno strahlte: „Genau so, deshalb bin ich gleich zu der Hexe gegangen und wollte einen Rat oder einen Zauberspruch von ihr holen." Er seufzte erneut. „Auch der Gockelhahn, den ich bei Sonnenaufgang auf dem Mist bei einem Bauern sah und einfing, war am Mittag nur noch braun. Dabei hatte sein Gefieder am Morgen so herrlich golden gestrahlt." Er machte eine kurze Pause. „Das Lied habe ich schon gedichtet. Willst du es hören? Es geht so:

Ko-hom, ich wi-hill König sei-hein,
ko-hom schne-hell zum Ste-hell-dich-ei-hein."

Frau Trine grinste: „Dann hast du wenigstens noch das Lied. - Und was hat die Hexe dir geraten?"

„Sie guckte mich finster an und schalt mich aus, dass ich ihre Dienerin schlecht behandelt hätte. Dabei habe ich gar keine Dienerin bei ihr gesehen oder unterwegs gar getroffen, nur eine schwarze Katze!"

Jetzt wurde seine Stimme weinerlich: „Die Hexe nahm einen großen Kochlöffel, rührte damit in einem Topf, spuckte in die Flüssigkeit, die darin war, und sah hinein. Mich schaute sie darauf seltsam an. Sie sagte: ‚Wenn du einen zwergenhaften Verstand hast, verfolgt dich das Unglück so lange, bis du bei den Zwergen bist'. Ich bin seitdem nur noch gerannt, um dem Unglück zu entkommen. Vielleicht hat es mich schon eingeholt?" Er schaute sich vorsichtig nach allen Seiten um.

Frau Trine musste laut lachen. Beleidigt sah Kuno sie an. „Nur ruhig, schön ruhig bleiben", beschwichtigte sie den jungen Mann, „das kriegen wir schon hin. Erst einmal musst du dich ausruhen, danach sieht alles anders aus. Leg dich in den Schatten unter den Baum neben meiner Hütte. Ich halte Wache. Es wäre doch gelacht, wenn wir das Unglück nicht besiegen könnten."

Nur zu gern ließ Kuno sich zur Ruhe überreden, denn seit drei Tagen war er bereits auf der Flucht. Er machte es sich im Gras bequem und schlief sogleich ein.

Frau Trine setzte sich derweil in ihren Schaukelstuhl in der Hütte und dachte nach, wie sie dem armen Kerl helfen könnte, ohne dass er merkte, dass die Prinzessin ihren Spaß mit ihm trieb. Wie konnte sie ihn von seinem Wunsch, König zu werden, abbringen?

Sie schaukelte vor und zurück, vor und zurück, bis es Zeit wurde, das Abendessen zu kochen.

Sie nahm den großen Topf, in dem sie sonst die Wäsche kochte, füllte ihn bis oben mit Fleisch, Gerste und Gemüse und goss Wasser hinzu. Dann weckte sie Kuno, ließ ihn sich am nahen Bach waschen, bevor er den Topf vorgesetzt bekam. Einen passenden Teller für einen so großen Kerl hatte sie nicht.

Kuno machte sich sogleich daran, das Essen aus dem Topf in sich hinein zu schlürfen. ‚Keine Manieren', stellte Frau Trine bei sich fest. ‚Und so einer will König werden…'

Als Kuno fertig geschlürft hatte und nichts mehr im Topf war, bat Frau Trine ihn, sich ihr gegenüber auf den Waldboden zu setzten und ihr gut zuzuhören.

„Lieber Kuno, du hast also die ersten Aufgaben der Prinzessin nicht gelöst", fing sie an, wurde aber von Kuno unterbrochen: „Doch, ich hatte die Mäuse und den Gockelhahn ja! Sie sind mir nur durch einen Zauber abhanden gekommen."

„Wenn Zauberei im Spiele ist", begann die Zwergenfrau und tat so, als ob sie nachdachte, „so hat die Hexe nicht ganz recht. Du musst mir glauben, das Unglück verfolgt nicht dich. Es hockt schon bei der Prinzessin. Sie wird nicht dich zum Mann bekommen können. Das ist sehr schmerzlich für sie."

Kuno blickte sie verständnislos an.

„So wahr ich eine von den Zwergen bin, das Unglück hat hier für dich sein Ende. Das wollte die Hexe dir mit auf den Weg geben. Ich bin auserkoren, es dir zu erklären. Du darfst die Prinzessin nicht heiraten, sonst wirst du der unglücklichste Mensch auf Erden. Das Unglück, das bei der Prinzessin schon am Tisch sitzt, kommt geradewegs über dich, wenn du dich mit ihr verheiratest. Ich kann dir dann nicht helfen. Lass die Prinzessin mit ihrem Unglück im Schloss und rette dich."

Kuno hatte ihren Worten geduldig gelauscht. Nun zogen sich tiefe Falten auf seiner Stirn vom Nachdenken zusammen.

„Wenn die Prinzessin das Unglück neben sich sitzen hat", fing er an, „dann muss ich sie doch retten!"

„Nein, das muss ein anderer tun. Dazu sind Prinzen seit jeher auserkoren. Sie wissen mit dem Schwert umzugehen. Du weißt doch", fügte sie mit ernster Miene hinzu, „dass die Hexe dich zu deiner Rettung zu den Zwergen geschickt hat. Also folge meinem Rat, geh zur Mühle zurück."

„Ich will kein Müller werden!", rief Kuno entrüstet.
„Das brauchst du nicht", tröstete ihn Frau Trine und stand auf, „du kannst deinen Vater bitten, dich etwas anderes lernen zu lassen, das leichter ist als Müller zu sein - oder König."
Voll Dankbarkeit verließ Kuno den Wald am nächsten Morgen. Was er nun geworden ist, davon ist keine Kunde zu uns gedrungen.
Die dicke Zwergenfrau aber lachte noch manche Woche, wenn sie an ihre List dachte, mit der sie den jungen Menschen wieder nach Hause geschickt hatte, wo sich klügere Köpfe um sein Wohlsein kümmern konnten – oder auch nicht.

Eine nicht ungewöhnliche Geschichte aus alter Zeit

Ein Prinz lebte in einem stolzen Schloss hoch auf dem Berg. Marmor, Gold und Edelsteine umgaben ihn, doch er achtete seine Schätze nicht, denn er war einsam. Das Leben langweilte ihn. Er sehnte sich nach Gefährten und Abenteuern, von denen er in einem alten Buch gelesen hatte.

Eines Tages ritt er los, um seinen Traum zu verwirklichen. Am Fuß des Berges kam er an eine Kapelle. Ihre Glocke läutete gerade mit einem geheimnisvollen Ton. Da betrat er das Kirchlein, kniete nieder und betete um eine gute Abenteuerfahrt.

Nicht weit von der Kapelle kam er an einen See, der grün schimmerte und seine Neugier erweckte. Riesige Trauerweiden spiegelten ihre hängenden Zweige im Wasser, so dass es grün leuchtete.

Unter den dichten Zweigen ertönte zarter Gesang. Als der Prinz die Zweige beiseiteschob, erblickte er ein Mädchen, das seine Zöpfe flocht. Es war sehr schön. Er verliebte sich sofort in das anmutige Wesen.

„Wer bist du?", fragte er staunend, „bist du eine Fee?"

Das Mädchen sah ihn an und lachte:

„Aber nein, ich bin Hilde, die Tochter des Waffenschmieds. Du bist sicherlich der Prinz vom Berg." Und auch sie verliebte sich auf der Stelle in den vornehmen Jüngling.

Sie wurden schnell ein Paar. Der Prinz kehrte auf sein Schloss zurück, um in ihrer Nähe zu bleiben. Fast täglich ritt er aus, um sie wiederzusehen. Wenn es einmal nicht möglich war, gab ihr die Glocke der Kapelle mit hellem Läuten Bescheid.

Nicht lange, und die beiden Liebenden versprachen einander ewige Treue vor dem Altar der Kapelle. Kein Priester war zugegen, aber die geheimnisvolle Glocke bezeugte läutend ihren Schwur.

Es begab sich aber, dass ein Krieg ausbrach und der König all seinen Vasallen einen Befehl zusandte, in dem er sie zu den Waffen rief. Der junge Prinz konnte sich dem Aufruf des Königs nicht entziehen. Auch brannte er darauf, nun endlich ein Abenteuer zu erleben.

Er sattelte sein stärkstes Pferd und legte seine schimmernde Rüstung an. Er nahm einige seiner Knechte als Knappen mit. Es war ein stattlicher Zug, der sich aus dem Schlosstor bewegte.

In dem Moment erklang die Glocke und kündigte Hilde an, dass ihr Liebster nicht kommen konnte. Da sie nichts von dem Krieg gehört hatte, war sie zwar etwas traurig, ahnte aber nicht, dass er vielleicht in Gefahr geraten könnte.

Es kam zu einer großen Schlacht in der fernen Ebene. Sie wogte hin und her. Lange konnte keine der feindlich sich gegenüberstehenden Heere den Sieg erringen. Viele Männer starben, viel Blut floss. Am dritten Tag geriet der Prinz, leicht verwundet, in die Gefangenschaft eines feindlichen Grafen. Er wurde in Ketten gelegt und weg geführt. Nach Tagen kam er in die Burg des Grafen und wurde in das tiefste Verlies im Turm gesteckt. Der Graf wollte ein immenses Lösegeld.

Der Prinz fügte sich zuerst in sein Schicksal, er hoffte auf ein baldiges Ende der Gefangenschaft. Als tagelang nichts geschah, machte er sich zum ersten Mal mit seiner Umgebung vertraut. Die Zelle war eng, die Wände aus rauem Stein, der sich feucht anfühlte. Kein Fenster, keine Lichtluke erhellten den Raum, keine Kerze wurde ihm gegönnt. Es war immer finster wie in einer Gruft. Er wusste nie, ob es in der Welt Tag war oder nicht. Einmal am Tag wurde ihm ein Blechtopf mit Essen durch die kleine Öffnung in der Eingangstür geschoben. Er musste ihn mühsam ertasten. Sonst drang kein Laut zu ihm.
Der Prinz verfiel in Traurigkeit, dann in Gleichgültigkeit. Nur manchmal schien ihm ein rosiges Licht zu leuchten, wenn er an Hilde dachte.
Langsam verlor er jedes Zeitgefühl und jede Hoffnung, dass ihn jemand auslösen könnte.

Eines Tages lief das Läuten einer Glocke die dicken Mauern entlang und weckte ihn aus der Lethargie. Aber nichts geschah, es war nicht die geheimnisvolle Glocke der Kapelle, so sehr er es auch hoffte. Trotzdem schöpfte er neuen Lebensmut. Er rief nach Hilde, malte sich aus, wie sie auf ihn wartete. Er sang für sie selbstgedichtete Lieder. Aber lange konnte er die Hoffnung nicht aufrecht erhalten. Zunehmend verdüsterte sich sein Lebenswille, er ergab sich vollends in sein Schicksal.

Außerhalb des Turms ging das Leben weiter wie immer in Sonnenschein und Regen, Freude und Leid, Krieg und Frieden.

Hilde wurde umschwärmt von edlen Rittern und braven Handwerkern und bekam viele Anträge, mit einem von ihnen eine Ehe zu schließen. Aber sie blieb standhaft. Sie trauerte nicht, sie wartete nicht mehr, sie verschloss sich allen Gedanken an eine neue Liebe oder die Ehe.

Die Glocke der kleinen Kapelle läutete nie wieder.

Rabe Fridolin, der Rockstar

Es geschah in jenen Tagen, als die Beliebtheit des Kofferradios seinen Höhepunkt erreichte und der Rock'n'Roll die Jugend begeisterte.

Auf einer Eiche am Waldrand hatte der Kolkrabe Fridolin mit seiner Frau sein Nest in schwindelnder Höhe erbaut. Dort zogen sie voller Stolz ihren Sohn Archibald auf.

Eines Tages setzte sich ein etwas ungepflegter junger Mann unter den Baum, holte sein Vesperbrot aus dem Rucksack und einen viereckigen Gegenstand mit einem metallenen ‚Ast'. Er drehte an einem Knopf. Aus dem Kasten erklang in seltsamem, wildem Rhythmus Musik. Eine menschliche Stimme mischte sich in die aufreizenden Klänge. Aber der junge Mann machte den Mund nicht auf. Er wickelte stattdessen seine Mahlzeit aus und fing an zu essen. Danach rauchte er ein seltsam riechendes Kraut.

Fridolin, neugierig von Natur aus und immer bereit, etwas Essbares möglichst ohne Anstrengung zu finden, verließ die Krone der Eiche und hüpfte Stück für Stück tiefer auf die unteren Äste. Als kein Ast mehr unter ihm war, bemerkte ihn der Mann.

Sie sahen sich eine Weile an.

„Na, Fridolin, hast wohl auch Lust auf Rock'n'Roll?"

Da der Rabe nicht antwortete, fragte der Kerl weiter:

„Kannst du nicht sprechen? Man sagt doch immer, dass ihr Raben sprechen könnt."

Fridolin drehte seinen Kopf lauschend hin und her. Dabei schielte er begehrlich zum Käsebrot, das der Mensch nun in den Händen hielt.

„Aha, daher weht der Wind", lachte der Mann und brach ein Stückchen ab.

Er warf es dem Vogel jedoch nicht hin, sondern hielt es auffordernd in seiner Hand neben sich. Fridolin besann sich einen Augenblick, verließ sich auf seinen scharfen Schnabel, mit dem er sich gut verteidigen konnte, flatterte auf den Boden. Langsam mit vorgestrecktem Hals näherte er sich der Hand. Als sich nichts feindlich bewegte, langte er zu.

So begann die Freundschaft zwischen Mensch und Rabe.

Sie veränderte Fridolins Leben von Grund auf.

Jeden Tag kam der junge Mann unter die Eiche, stellte sein Kofferradio an, rauchte seinen Joint, packte seinen Proviant aus.

Meist war es Elvis, den er hörte, jedoch auch andere Größen der Zeit. Jedes Mal hatte er auch einen Leckerbissen für Fridolin im Rucksack.

„Ich bin Donald", stellte der junge Mann sich eines Tages vor. „Donald"

Er sagte seinen Namen immer wieder, sehr betont. Fridolin, der nach Art der Kolkraben viele Geräusche nachmachen konnte, lernte schnell. Zum Leidwesen seiner Rabenfrau, die mit dem Sohn nun viel allein zu tun hatte, fühlte ihr Mann sich noch mehr zu der menschlichen Figur unten am Stamm hingezogen.

Er blieb immer länger vom Nest entfernt. Da vertrieb sie ihn aus dem Nest. Sie duldete ihn noch auf der Eiche in der Hoffnung, dass er zur Besinnung kommen wollte.

Fridolin übte heimlich gegen Abend, wenn der Mensch weggegangen war, eine Melodie, die besonders oft aus dem Kasten gekommen war. Im Kopf konnte er schon alle Töne, mit seiner Stimme haperte es allerdings noch. Er übte bis es dunkel wurde. Er vernachlässigte sich, putzte sich selten die Federn, aß nur noch wenig, denn mit der Futtersuche konnte er sich nicht aufhalten.

Seine Federn verklebten allmählich, wurden rau und strubbelig. Samen von Gras und anderen Pflanzen verfingen sich in ihnen und begannen zu keimen und zu wachsen. Ein grüner Schimmer zeichnete ihn nun aus.

ABER seine Stimme wurde immer besser. Andere Vögel aus dem Wald nahmen Teile aus seinem Gesang in ihre Lie-der auf.

Eines Tages wagte er es, mit der Radiomusik das Lied mitzusingen. Wie staunte Donald, als er das hörte!

„Du wirst noch ein richtiger Rockstar", versprach er lachend.

Eines schwülen Spätsommertages verdunkelte sich der Himmel verdächtig schnell. Donald erwog, lieber unter dem dichten Blätterdach des Baumes abzuwarten als im Regen nach Hause zu gehen. Einträchtig lauschten Rabe und Mensch den Klängen ihres Lieblingsliedes. Da krachte es gewaltig, der halbe Stamm der Eiche wurde zu Boden gerissen. Feuer brach aus und sprang auf Fridolins Gefieder über. Der fiel zu Boden und landete in einer Pfütze. Er wälzte sich darin und verlor so sein grünes Kleid aus Pflanzen.
Als er sich nach dem Freund umschaute, kroch der gerade unter den Zweigen hervor. Sein Radio hatte er fest in der Hand. Beide tauschten noch einen Blick, dann verschwand Donald eiligst im Regen.

Fridolin besann sich auf sein Nest, auf Frau und Sohn und flatterte mühsam die stehengebliebenen Reste des Baumes empor. Oben saß Frau Rabe und bedeckte mit ihren Flügeln den Sohn. Sie rückte vorsichtig zur Seite und ließ ihren Mann ins Nest.
Da Donald die nächsten Tage und Wochen ausblieb – es war inzwischen Herbst – lernte Fridolin wieder das richtige Rabenleben. Nur das Lied vergaß er nicht. Er sang es an sonnigen Tagen Archibald vor. Der ahmte es nach – er war ein gelehriger Sohn.

Die drei Proben

Im Audienzsaal war niemand außer einem Sklaven, der Staub wischte. Erregte Stimmen näherten sich. Eine männliche Stimme und zwei weibliche. Der Sklave verschwand sofort, als er die Stimme des Großmoguls erkannte.

Beim Eintreten sagte die jüngste Tochter des Fürsten gerade: „...aber so lass dich doch erweichen. Ich will heiraten! Und Fatma will ebenfalls heiraten, ist das denn so schwer zu verstehen? Es wird Zeit, wir werden sonst noch alte Jungfern."

„Du kennst unsere Prinzen", mischte sich Fatma ein, „du kannst nichts gegen sie haben. Sie sollen schließlich ja nicht dein Reich erben, sie haben selber welche."

„Ach Kinder", seufzte der Vater, „ihr meine Augenweide. Nicht aus väterlicher Eifersucht muss ich euch eine schnelle Heirat versagen, wie ihr wohl wisst. Eure Schwester Shalima muss zuerst vermählt sein. Sie ist die älteste von euch."

„Das wissen wir alles bereits", trumpfte Fatma auf, „aber sie ist so hässlich, sie findet und findet ja keinen Mann. Sie ist eigentlich schon aus dem Alter, einen Mann zu nehmen, herausgewachsen."

„Es geht einfach nicht, sie muss zuerst das Hochzeitsfest feiern, so sind seit Menschengedenken die heiligen Gesetze."

Beide Mädchen brachen in Tränen aus, um das Herz des Königs zu erweichen. Yasemin, die Jüngste, schrie:

„Kannst du denn gar nichts tun? Keine List anwenden?"

Der Großmogul blickte verwundert auf und musterte die verweinten Gesichter seiner schönen Töchter.

„Hmmm", murmelte er nach einer längeren Pause, „ich weiß schon, was wir versuchen könnten..."

Und so wurde eine Proklamation im Reich verkündet, dass Prinzessin Shalima einen Mann suche. Er müsse nicht aus vornehmem Hause sein.

Die Nachricht verbreitete sich in Windeseile. Jeder arme Mann, der reich und mächtig werden wollte, eilte in die Residenzstadt und stellte sich vor.

Den meisten Männern sah man schon von weitem die Gier an. Sie wurden von der Prinzessin abgelehnt. Sie wollte um ihrer selbst willen geheiratet werden. Wenn schon nicht aus Liebe, dann sollte der Mann doch wenigstens aus Ehrerbietung und vielleicht Mitleid sich bemühen. Als die Menge der Mitgiftjäger und Glücksritter immer größer wurde, ließ sie auf eigene Faust verkünden, dass sie keine Reichtümer zu bieten hatte. Schon wurde die Menge deutlich kleiner.

Einer nach dem anderen verließ den Hof wieder. Enttäuscht und mürrisch blieben noch einige. Diese lud Shalima für den nächsten Tag in den Audienzsaal, wo sie sich mit ihnen treffen wollte im Beisein ihres Vaters.

Vom Vater bat sie sich drei Tage Bedenkzeit aus, wenn sie die Vorauswahl getroffen hätte. Der Vater stimmte erleichtert zu, denn er sah eine deutliche Chance, dass die hässliche Tochter am Ende einen Mann als Bräutigam anerkannte.

Am nächsten Tag, als die Freier sich eingefunden hatten, betrat sie mit ihrem Vater den Saal. Sie trug ein äußerst bescheidenes Kleid, das sie sich von einer Küchenmagd geborgt hatte. Darin sah sie noch hässlicher aus als in den üblichen Prachtgewändern.

Die ersten Männer verließen bei ihrem Anblick auch schon den Saal. Die restlichen traten nacheinander vor sie hin und brachten ihren Wunsch vor, sie zu heiraten. Shalima blickte jedem einzelnen tief in die Augen. Sie sah die mürrischen Mienen, die schlecht verschleierte Gier nach etwas mehr Wohlstand, den Abscheu vor ihrer Person.

Nur einer, ein junger Arbeiter in einer Ziegelei, sah sie anders an, traurig und mitfühlend. Den nahm sie an unter der Voraussetzung, dass er drei Aufgaben erfüllen müsste.

Er stimmte zu, nannte seinen Namen, Yagdish, und sagte, dass er die drei Prüfungen gern bestehen wolle.

Am ersten Tag trug ihm Shalima auf, ihr eine Mahlzeit zu kochen. Yagdish sah sie erstaunt an. Er hatte mit irgendeiner Heldentat gerechnet, die er vollbringen sollte, aber eine Frauenarbeit?

Trotzdem stimmte er zu.

Er wurde in eine kleine Küche neben dem Palast gebracht und allein gelassen. Vor der Tür standen zwei Wachposten, damit kein Mensch zu ihm kommen konnte, um ihm beim Kochen zu helfen. Yagdish fand die Vorräte, die dort lagen, überwältigend. Viele Früchte kannte er nicht, Leckerbissen von ihm unbekannten Tieren legte er beiseite. Er kochte Reis mit Safran, briet einen Fisch und bereitete aus Joghurt und einigen Früchten einen Nachtisch her, den er mit Honig würzte. Die warmen Speisen bestreute er mit zerstoßenen Kräutern, mit denen er sich gut auskannte. Immer hatte er das Bild seiner verstorbenen Mutter vor Augen, wie sie am Herd stand und die würzigen, bescheidenen Speisen bereitete. ‚Ach Mutter', dachte er ein ums andere Mal.

Shalima erwartete ihn in einem kleinen Salon, in dem für Zwei gedeckt war. Sie wies Yagdish einen Platz zu. Ein Diener trug das Essen herein und entfernte sich wieder. Sie waren allein.

Zunächst beäugten sie sich gegenseitig, dann begann Shalima ihm Fragen bezüglich des Essens zu stellen. Er bekannte, dass er nicht viele der Vorräte in der Küche gekannt und deshalb ein einfaches Mahl zubereitet habe, wie er es so oft bei seiner Mutter gesehen hatte. Zum Schluss fragte die Prinzessin rundheraus: „Du hast kein Getränk zum Essen gereicht, warum?"

„Ich kannte mich mit den Getränken nicht aus, ich konnte nicht erraten, welches zum Essen gepasst hätte. Bei uns gibt es nur Wasser zu trinken. Das aber schien mir für dich nicht gut genug zu sein."

Am nächsten Tag erwartete die Prinzessin ihn in einem etwas abgelegenen Garten. Ein Käfig mit einem Hund darin stand neben ihr. Der Hund fing an zu toben, fletschte die Zähne und knurrte gewaltig. Zum Glück hatte er einen Maulkorb.

Den gefährlichen Hund sollte Yagdish bis zum Abend gezähmt haben. Die Prinzessin ließ ihn allein im Garten mit dem Hund. Yagdish öffnete die Käfigtür. Der Hund schoss heraus und stürzte sich auf den Mann. Dem Ziegelarbeiter blieb nichts übrig als sich im Käfig in Sicherheit zu bringen in der richtigen Annahme, dass der Hund dahin bestimmt nicht zurück wollte. Zuerst hockte Yagdish stumm im Käfig, dann fing er an, auf den Hund einzusprechen. Er lockte ihn mit ruhiger Stimme. Der Hund wurde neugierig und schnüffelte an der Kleidung. Er beruhigte sich zusehends.

Allmählich kroch Yagdish aus dem Käfig und fing an, mit dem Hund zu spielen. Bis zum Abend hatte er es geschafft, dass er ihm den Maulkorb abnehmen und ihn streicheln konnte. Als ein Diener kam, um den Hund abzuholen, wurde er nicht angegriffen. Yagdish selbst brachte den Hund, der ihm treulich folgte, zur Prinzessin.

„Der Hund war verunsichert durch schlechte Behandlung. Er braucht einen besseren Wärter", erklärte er der Prinzessin. Sie sah ihn dankbar an.

Am dritten Tag wurde er in einen Raum gebracht, in dem mehrere Zupfinstrumente hingen oder lagen. Hier sollte er der Prinzessin ein Lied erfinden. Was für eine Aufgabe! Da er nicht schreiben konnte und auch noch nie ein Instrument in der Hand gehabt hatte, wollte er schon verzweifeln.

Doch dann erinnerte er sich an die Schlaflieder, die seine Mutter ihm als Kind vorgesungen hatte. Er summte sie zuerst, dann sang er sie mit leiser Stimme.

Allmählich gingen die Bilder der Verse und der Rhythmus der Melodien in ihn über. Unmerklich änderte er die

Worte nach und nach, um seine eigenen Gefühle darin auszudrücken.

Am Abend sang er seine schlichte Weise, ein Lied voll Trauer, Einsamkeit und Sehnsucht. Shalima war gerührt.

„Woran hast du bei deinem Lied gedacht?", wagte sie zu fragen.

„Ich liebte ein schönes Mädchen aus meiner Nachbarschaft. Sie erwiderte meine Liebe, aber ihr Vater verheiratete sie an einen reichen alten Mann. Da dachte ich an dein Schicksal, dass du einen Bettler heiraten musst, damit deine schönen Schwestern auch heiraten können."

Shalima sah ihn lange stumm an. Eine Träne glitzerte auf ihrer Wange.

Sie ließ ihren Vater holen und gab ihm Bescheid, dass sie diesen Mann zur Ehe nehmen wollte.

Die Hochzeit wurde geziemend, aber nicht pomphaft gefeiert. Als der Tanz anfangen sollte, trat ein reich gekleideter Fremder in den Saal, der leicht als ein Magier erkannt werden konnte. Er trat auf den Großmogul zu und rief: „Das ist mein Sohn, den ich verstoßen hatte. Nun bin ich froh, dass er zu einem guten Mann herangereift ist, der es ehrlich meint und Mitleid zeigt. Wenn heute Nacht die Ehe ganz vollzogen sein wird, wird Prinzessin Shalima schöner sein als ihre Schwestern." - Und so geschah es.

Märchenprinz

Lieber Onkel Mortimer,
heute habe ich zum ersten Mal den Prinzen gesehen. Er kam auf den Markt und ließ bei der Muhme verschiedene Kräuter kaufen.
Während er wartete, schaute er mich an. Ich konnte gerade noch meine Schürze glatt streichen und einen tiefen Knicks machen, da war er auch schon wieder weiter geritten.
Ach, Onkel, er war so schön mit seinen blonden Locken und den blauen Augen!
Die Muhme hat mich ausgeschimpft, dass ich ihm hinterher gestarrt habe, und mich eine lose Dirne genannt. Bin ich eine? Ich wollte nicht unhöflich sein. Und er hat es bestimmt nicht gemerkt.
Ich muss jetzt Schluss machen, niemand soll doch wissen, dass ich schreiben bei Dir gelernt habe. Ich will nicht für zu klug gehalten werden. Mädchen sollten nicht schreiben, aber es macht solche Freude, Dir meine Gedanken mitzuteilen, lieber Onkel.

2. Brief

Lieber Onkel Mortimer!
Der Prinz kommt jetzt öfter auf den Markt, um bei der Muhme etwas kaufen zu lassen. Und jedes Mal schaut er mich merkwürdig an. Und sein Gefolge gafft und grinst dazu. Was soll ich tun?

Ich muss den Prinzen auch immer anschauen. Ist das ungehörig? Seine Augen sind so blau….

3. Brief

Onkel Mortimer,
nun nennst Du mich eine dumme Gans. Warum?
Weil ich nicht anders kann als ihm gut sein?
Weil ich arm bin und er reich und mächtig? Aber ich will doch nichts von ihm! Ich will ja nur in seine blauen Augen gucken. Ist das verwerflich? Ich weiß nicht weiter….

4. Brief

Onkelchen,
er hat mich angesprochen! Er hat mich auf das Schloss geladen. Er will es mir zeigen. Ich habe das noch keinem gesagt, die Muhme hat es nicht gehört.
Kann ich gehen? Muss ich „nein" sagen?
Ach, Onkel Mortimer, das wäre schade….

5. Brief

Warum, *Onkel Mortimer,*
soll ich nicht gehen? War das nicht ein Befehl, dem ich gehorchen muss? ER ist so schön.
Es wäre so schön, das Schloss zu sehen. Für Dich ist es nichts Besonderes, Du wohnst ja dort und arbeitest für den König.
Und was die Muhme denken sollte, wenn sie erfährt, dass ich gegangen bin, ist mir egal. Ich glaube, ich werde es tun… Oder lieber doch nicht? Lass mich bitte und sage „Ja". Ich höre Schritte, also….

6.Brief

Onkel Mortimer, oh, Onkel Mortimer,
ER kam heute wieder auf den Markt. Da lief ihm ein
kleiner Junge in den Weg, den hat er einfach mit dem
Peitschenstiel zur Seite gestoßen. Der kleine Junge fiel
hin, der Prinz hat sich nicht darum gekümmert.
Ich konnte ihm vor Schreck gar nicht in die Augen sehen.
Da guckte er böse und hat mir kein Lächeln geschenkt.
Was soll ich tun? Ich bin traurig, lieber Onkel....

7. Brief

Onkel Mortimer,
was Du mir über den Prinzen geschrieben hast, kann ich
nicht glauben!
Er kann doch gar nicht heimtückisch und grausam sein.
Woher nimmst Du die Gewissheit?
Nein, das kann und kann nicht wahr sein, Du willst mich
nur erschrecken. Aber ich will Deinen Rat trotzdem be-
folgen und ihm das nächste Mal tief in die Augen blicken
und sehen, ob es stimmt, was Du schreibst.
Ich bin so ratlos, Onkel Mortimer, so ratlos....

8. Brief

Oh, Onkel Mortimer,
Du hattest recht. Seine Augen blickten mich kalt und ab-
schätzend an. Ich fühlte mich wie nackt unter seinem
Blick. Das konnte ich nicht ertragen. Da bin ich weg ge-
rannt.
Die Muhme hat sehr gezetert. Später hat sie mir neue
Holzpantinen geschenkt. Ich muss ihr nicht mehr auf

dem Markt helfen. Ich darf in ihrem Haus waschen und kochen, solange sie verkauft. Darüber bin ich nun doch glücklich. Ich muss ihm nicht mehr unter die Augen treten und seinen komischen Blick ertragen.

Ich danke Dir sehr für Deine Warnungen. Die Muhme hat mir erklärt, was hätte geschehen können.

Ich glaube, jetzt bin ich erwachsen.

– – – – –

Brief vom 27. April

Mein liebes Kind,
würde ich gerne beginnen. Aber Du bist kein Kind mehr, schade. Für das Buch brauchst Du Dich nicht zu bedanken, ich hatte es Dir schon lange zugedacht. Natürlich konnte ich nicht ahnen, dass Du es Dir gewünscht hast.

Die Muhme hat mich, als sie mich neulich hier auf dem Schloss aufgesucht hat, ohne es Dir zu sagen, um Rat gefragt. Sie wollte wissen, was sie tun könnte, um Dir in dem Wissen um die Heilkunst der Kräuter weiter zu helfen. Als ich ihr das Buch in die Hände legte, rief sie empört, was Du damit anfangen könntest. Da musste ich ihr unser Geheimnis gestehen, dass ich Dich vor Jahren das Schreiben gelehrt hatte. Nun weiß sie es also und wird Dir mit mehr Achtung entgegentreten, obwohl sie fürchterlich geschimpft hat.

Lerne fleißig, Du wirst Deine Kenntnisse bald brauchen. Die Muhme ist alt... Und behalte Deinen alten Onkel Mortimer in guter Erinnerung.

Brief vom 19. Juni

Liebes, hier auf dem Schloss herrscht tiefe Trauer. Wie Dir sicherlich schon zu Ohren gekommen ist, hat es vorgestern einen Unfall gegeben, bei dem der König zu Tode gekommen ist und der Prinz schwer verletzt wurde. Solange er nicht wiederhergestellt ist, wird es keinen König geben. Die Königin wird inzwischen das Land regieren. Von ihr sollten wir nicht allzu viel erwarten. Und was der Prinz, der Dich vor drei Jahren innerlich so beschäftigt hat, als Herrscher für Gesinnungen an den Tag legen mag, ist nicht abzuschätzen.
Du, mache weiter so gute Fortschritte in der Heilkunde wie bisher. Ich bin stolz auf Dich. Dein Onkel Mortimer

Brief vom 21. Oktober

Mädchen, komm auf das Schloss. Bring Deine Kräuter und Dein Wissen mit, es ist dringend!
Der Muhme kannst du ausrichten, ich sei krank und brauche Deine Pflege. Alles weitere, wenn Du hier bist.
Onkel Mortimer

Brief vom 3. März

Kleine Heilerin,
nun bist Du wieder zu Hause.
Du hast deine Aufgabe sehr, sehr gut erfüllt. Du hast nicht nur den Prinzen geheilt, wie ich gehofft hatte. Du hast auch mir eine große Freude bereitet, einfach durch Dein Hiersein bei Deinem alten Onkel.

Ich werde die Gespräche mit Dir und Dein Lachen sehr, sehr vermissen. Morgen wird der Prinz gekrönt. Dann wird meine Arbeit wieder meine Tage ganz ausfüllen.
Lass Dich im Lernen nicht beirren. Onkel Mortimer

Brief vom 10. Mai

Kleines

– ach wie gern nenne ich Dich so – Du musst wieder auf das Schloss kommen. Mach Dich schnell auf den Weg!
Die Königinmutter will, dass der junge König möglichst schnell heiratet. Er aber will sich mit einer Braut, die sie ihm aussucht, nicht verbinden und ist schwermütig geworden.
Er, der früher jedem Mädchen rücksichtslos hinterher gestiegen ist, der kein Vergnügen ausgelassen hat, zieht sich in sich zurück. Er hat kein Interesse am Regieren, keine Freude an Festen oder an der Jagd. Er sitzt nur immer am Fenster und starrt in den Schlosshof, als ob von dort das Heil der Welt kommen könnte.
Die Leibärzte sind ratlos. Ihre Kunst, die ich, wie Du ja weißt, Quacksalberei nenne, hilft natürlich nicht. Aber Du mit Deinem freundlichen Wesen, Deinen genauen Kenntnissen der Heilwirkung von Kräutern und Blumen wirst vielleicht einen Weg zu seinem Kummer finden und ihm helfen können. So hoffe ich wenigstens.
Komm schnell!

Nun bist Du das letzte Mal zu Hause, mein *kleines Seelchen.*

Sicher kommt Dir das etwas seltsam vor. Du bist glücklich von hier für die kurze Zeit weggegangen. Glücklicher und freudiger wirst Du wiederkommen, um das große Fest zu feiern, das Dich mit dem König verbindet.

Ich staune immer noch, wie Du es möglich gemacht hast, dass der junge König wieder Freude am Leben und seine, Deine Liebe gefunden hat. Er ist jetzt bereit, die Verantwortung für seine Untertanen ernsthaft zu übernehmen. Du kannst ihm dabei helfen durch klugen Rat, denn Du bist eine aus dem Volk, das Könige nicht so genau kennen. Er wird auf Dich hören aus Liebe und Achtung zu seiner kleinen Heilerin.

Ich freue mich mit Dir und für Dich. Und ein klein wenig auch für mich, denn ich kann Dich in meiner Nähe spüren, Kind meiner Schwester.

Immer mit liebenden Gedanken, dein Onkel Mortimer

Das Dorf im Ei

„Komm, ich zeig dir was!" rief Claudio über den Gartenzaun.

"Ich darf nicht", rief Anna zurück, „mit Spagettifressern darf ich nicht spielen!"

„Komm trotzdem, ich hab was ganz Tolles gefunden!"

Neugierig trat Anna näher an den Zaun. „Zeig mal!"

„Nein, du musst kommen, das Ding liegt in einem Versteck unter dem Fliederbusch. Nur dort kann man es richtig sehen." Claudio machte eine geheimnisvolle Miene.

„Wieso nicht hier?", fragte Anna verdattert, „du kannst es doch hierher bringen."

„Ich hab's schon aus dem Versteck genommen, aber dann konnte ich nichts mehr erkennen. Glaub mir, nur unter dem Fliederbusch funktioniert es."

Was sollte Anna tun? Die Aussicht auf etwas Aufregendes wog mehr als das Verbot der Eltern, mit dem italienischen Nachbarjungen zu spielen. Sie fand es sowieso blöd, dass ihre Eltern ihr den Spielkameraden nicht gönnten.

Langsam und wie unabsichtlich bewegte Anna sich am Zaun entlang, bis sie sicher sein konnte, dass niemand sie sah, wenn sie unter dem Zaun hindurch schlüpfte.

Claudio erwartete sie schon und zog sie geduckt an den Fenstern seiner Eltern vorbei zum Versteck unter dem Fliederbusch. Dort lag etwas, das schillerte und glänzte. Zuerst dachte Anna an eine übergroße Seifenblase, dann erkannte sie, dass es ein großes Ei aus Glas sein musste.

Claudio legte ihr das Ei in die Hände:
„Schau hinein, dann siehst du mein Dorf."
Anna sah ihn verständnislos an:
„Dein Dorf? Wie meinst du das?"
„Guck hinein und sag mir, was du siehst."

Anna schaute genauer hin. Wie in einer Schneekugel war in dem Ei ein Dorf zu sehen. Es schien aber nicht aus irgendeinem Plastikmaterial gefertigt zu sein. Es ähnelte eher einem Film, in dem die Häuser ganz real aussehen. Nur war alles winzig klein. Fragend sah sie Claudio an.
„Ist das wirklich dein Dorf?"
„Ja, sieh nur, in dem Haus mit dem Baum vor der Tür, da leben wir."
Als Anna es entdeckte, ging die Haustür auf. Claudios Mutter trat auf die Schwelle und rief nach ihm. Der Junge kam um die Hausecke mit einem zappelnden Huhn im Arm. Er gab es seiner Mutter und sagte etwas zu ihr, das nicht zu verstehen war.
„Das Huhn ist unser Festessen zu Ostern", erklärte Claudio, „zu Ostern gibt es immer Huhn, weil wir kein Geld für ein Lamm haben."
Die Mutter ging mit dem Huhn ins Haus zurück.

Anna bemerkte jetzt, dass die Häuser in dem Ei ganz anders aussahen als unsere hier. Sie waren aus hellgelbem Stein gebaut und hatten ziemlich flache Dächer. Auch die Kirche war anders, ihr Glockenturm stand neben dem Gotteshaus. Die Leute gingen gerade ein und aus. Claudio erklärte: „Die Frauen schmücken den Altar und die Heiligenbilder zum Karfreitag mit Blumen, meine Schwester hilft ihnen."

„Du hast eine Schwester?", staunte Anna, „wo ist sie denn heute?"

„Sie ist in Italien geblieben. Sie ist älter als ich und du, sie wollte nicht in ein Land der Kälte."

„Bei wem lebt sie denn?"

„Sie lebt bei einer Tante in Palermo, das ist auf einer Insel."

Anna schaute wieder in das Ei. Am Rand des Dorfes erstreckte sich eine steinige Wiese mit niedrigen Büschen. Ziegen suchten ihr Futter zwischen den Steinen. Ein alter Mann mit Hund stand, auf einen Stock gelehnt, zwischen den Tieren.

„Da ist mein Opa. Er hütet die Ziegen der Leute, damit er etwas verdient. Ein bisschen Geld schicken wir ihm regelmäßig. So viel, wie wir übrig haben."

„Möchtest du deinen Opa nicht mal wiedersehen?"

„Das geht nicht. Nach Italien zu fahren, kostet zu viel Geld. Wir vermissen Opa sehr, gerade jetzt zu Ostern." Claudio seufzte.

Anna fühlte mit ihm. Ihr Opa war der liebste Opa auf der Welt, und Ostern ohne ihn konnte sie sich gar nicht vorstellen. Er würde morgen kommen, um Mama bei den Ostervorbereitungen zu helfen.

„Du siehst deinen Opa in dem Glasei", versuchte sie Claudio zu trösten. „Da, er winkt dir zu!" Tatsächlich hob der alte Mann den Arm und winkte.

„Es ist alles, wie früher", flüsterte Claudio und wischte sich eine Träne ab.

„Sei nicht traurig, Claudio", sagte Anna leise, „du kannst immer in das Ei gucken, wenn du wissen willst, wie es deinem Opa geht."

„Ja, aber das genügt nicht. Hier ist niemand fröhlich und singt. Ich bin viel allein, denn meine Eltern arbeiten beide in der Elektrofabrik. Ich habe niemanden zum Spielen. Du darfst es nicht, ich bin ja ein Ausländer, ein ‚Spagettifresser'. Du hast mich ja auch so genannt."

Anna schämte sich. „Ich will Mama und Papa von dir erzählen. Sie müssen einfach einsehen, dass ich mit dir spielen möchte. Jeden Tag. Und dass du mich besuchen darfst und ich dich. Sonst rede ich mit ihnen kein Wort mehr. Ganz bestimmt."

Anna warf noch einen Blick in das wunderbare Ei. Im Dorf war es jetzt ruhig. „Siesta" sagte Claudio, „alle ruhen sich aus."

Anna schlüpfte einige Minuten später wieder unter dem Zaun hindurch und stürmte ins Haus.

„Mama, Papa!", rief sie schon an der Haustür. „Darf man sich zu Ostern etwas wünschen so wie zu Weihnachten und zum Geburtstag?"

Die Eltern sahen sich ratlos an. „Du kannst es ja versuchen", schlug Mama vor.

„Was ist es denn?", fragte Papa direkt. „Der Osterhase kann sicherlich nicht lesen", fügte er hinzu.

„Ich möchte immer mit Claudio spielen dürfen. Er ist so allein. Alle mögen ihn nicht. Ihr ja auch nicht, nur weil er aus einem anderen Land kommt."

„Aber Anna...", fing Papa an.

„Und ich bin auch immer allein, kein anderes Kind wohnt hier!", rief Anna anklagend dazwischen.

Mama gab sich einen Ruck:

„Gut, wir wollen es versuchen. Wenn es bis Ostern gut geht und ihr euch nicht zankt und prügelt, dann…"

„Danke Mama!" Anna fiel ihr um den Hals. „Dann gehe ich gleich zu Claudio. Wir wollen etwas zu Ostern basteln."

Die Kinder machten sich daran, mit viel Mühe ein weiches Nest für das Ei zu flechten und auszupolstern.

Vier Tage lang vertieften sich Anna und Claudio in das geheimnisvolle Glasei unter dem Fliederbusch. Claudio erzählte und erklärte alles, was in seinem Dorf gerade geschah.

Am Ostersonntag nach dem Kirchgang schauten Claudio und Anna wieder in das Ei. Anna hatte das Gefühl, sie kannte sich in dem kleinen italienischen Dorf schon gut aus. Die beiden sahen, wie dort die Gemeinde aus der Kirche strömte. Als auch der Opa aus der kleinen Kirche trat, schien er zu winken.

Das Dorf verblasste, wurde kleiner und kleiner und verschwand nach wenigen Augenblicken ganz. Auf der Oberfläche des Eis spiegelten sich die Gesichter von Anna und Claudio dicht beieinander.

Die singende Prinzessin

Im Reich am Krokodilfluss lebte Prinzessin Lilabo, die einzige Tochter des Königs. Sie besaß eine außergewöhnliche Gabe: sie sang so verführerisch, dass jeder, der sie singen hörte, stehen bleiben musste, um ihr zu lauschen. Wenn sie am Flussufer spazieren ging, kamen sogar die Krokodile ans Ufer, um sich von ihrem Gesang betören zu lassen. Sie legten sich dann auf den Sand und schlossen ihre tückischen Augen. Und die Vögel, die auf ihren Rücken Futter suchten, blieben auf einem Bein stehen, spreizten die Flügel und rissen ihre Schnäbel auf, ohne einen Ton von sich zu geben.

Eines Tages kam eine Gesandtschaft aus dem Nachbarreich an den Königshof. Ein junger Prinz führte sie an, denn es ging um Krieg und Frieden. Der Prinz stieg gegen Mittag im Hof vom Pferd und hörte aus dem obersten Stockwerk des Palastes das lieblichste Singen. Sogleich schlug sein Herz schneller. Er erkundigte sich bei dem Minister, der gerade neben ihm stand, wer dort oben so himmlischen Gesang erklingen ließ. Als er erfuhr, dass es die Königstochter sei, vergaß er seine Mission und dachte nur noch an die singende Prinzessin.

In der Stunde der Audienz hielt er beim König um ihre Hand an. Der alte König versicherte ihm, dass seine Tochter noch zu jung sei, um zu heiraten. Außerdem hätte sie ein Wörtchen mitzureden, denn es ginge um ihre Zukunft und ihr Glück.

Am Abend saßen der fremde Prinz und Prinzessin Lilabo beim Festmahl nebeneinander. Der Prinz sah, dass sie sehr schön war. Er neigte sich zu ihr und gestand ihr seine Liebe, fragte sie, ob sie später seine Frau werden wollte.

Lilabo besann sich einen Augenblick, musterte den Prinzen und gab eine seltsame Antwort:

„Wenn du so singen kannst wie ich, dann will ich dir meine Hand reichen. Ich will nur jemanden zum Mann, mit dem ich ein Leben lang im Duett singen kann."

Der Prinz erbleichte, denn er konnte nicht singen. Er beschloss, sich in seiner Heimat unterrichten zu lassen.

„Bitte warte auf mich, Lilabo. Bis du so alt bist, dass du dich vermählen kannst, habe ich es sicherlich gelernt."

Es geschah aber, dass die Prinzessin am Strand des Flusses einmal einen Fischer singen hörte, der mit seinem Boot dem Ufer zu ruderte. Sie war von der Reinheit seiner Stimme so beeindruckt, dass es ihr keine Ruhe ließ, bis sie von einer Dienerin erfahren hatte, wer der Sänger war. Es war der arme Fischer Arkano, der in einer Hütte bei seiner Mutter wohnte.

Die Prinzessin ließ ihm ein prächtiges Gewand bringen und befahl ihn zu sich in den Palast.

Der Fischer Arkano aber kam in seinen alten Kleidern. Er machte eine stumme Verbeugung und wartete, was sie ihm zu befehlen hatte. Dabei schaute er ihr ins Gesicht.

Obwohl er von ihrer Schönheit beeindruckt war, konnte er sie ohne Herzklopfen ansehen, denn sie war unerreichbar für einen armen Mann wie ihn.

„Sing mir etwas vor", verlangte Lilabo, „ich habe dich singen gehört und Gefallen an deiner Stimme gefunden."

Arkano tat, wie ihm befohlen wurde. Er sang ein trauriges Liebeslied, das er von seiner Mutter gelernt hatte. Lilabo kannte das Lied und fiel mit ihrer glockenreinen Stimme ein. Alle die Hofbeamten und Dienstleute, die sich gerade in der Nähe aufhielten, blieben stehen und lauschten. Es kam ihnen vor, als ob Engel des Himmels den Gesang angestimmt hätten.

Lilabo war zufrieden. „Du sollst mein Gemahl werden. Wir werden unser Leben lang gemeinsam singen und glücklich sein", sagte sie und schaute in seine Augen.

„Du kennst mich nicht und nichts von meinem Leben als Fischer", gab Arkano zur Antwort. „Ich kenne die Welt der Mächtigen nicht. Ich weiß nichts von dir, nur dass du schön bist und herrlich singst. Das ist zu wenig für ein gemeinsames Leben, in dem jeder gleich glücklich ist."

Erstaunt und fragend blickte ihn die Königstochter an. „Für ein Leben zu zweit bedarf es mehr als nur einer auserlesenen Stimme", fuhr Arkano fort, „es gehören Liebe, Vertrauen und gegenseitiges Verstehen dazu. Das zu erlangen, braucht seine unbegrenzte Zeit."

Lilabo erschrak, davon hatte ihr niemand gesprochen. „Es wird sich finden", sagte sie hoffnungsvoll, „wir wollen uns immer wieder treffen und einander besser kennenlernen."

Von nun an trafen sich die Prinzessin und der Fischer oftmals im Palast oder am Flussufer. Arkano hatte darauf bestanden, dass sie nicht singen durften, wenn sie sich trafen. Sie sollten nicht abgelenkt werden, denn beiden war die Welt des anderen noch so fremd wie ein Märchen. Nur zum Abschied war es auf ihre Bitte erlaubt, ein gemeinsames Lied anzustimmen.

Eines Nachts träumte Lilabo, dass sie eine Brücke baute über ein tiefes grünes Tal, auf dessen anderer Seite Arkano stand. Sie war im Traum sehr glücklich.
Der König war zunächst beunruhigt, als er von den Zusammenkünften erfuhr, hielt sie aber nur für eine vorübergehende Laune seiner Tochter. Dennoch unterhielt er sich gern mit dem jungen Fischer; von ihm erfuhr er über das Leben seiner Untertanen mehr als ihm die Höflinge berichteten. Manch guten Rat nahm er aus den Gesprächen mit. Arkano schien sehr klug.

Eines Tages saß Lilabo am Flussufer und sah zu, wie Arkano in seinem Boot stand und das Netz auswarf. Er merkte nicht, wie Krokodile sich dem Boot näherten. Lilabo aber erkannte die Gefahr. Sie wagte nicht, Arkano durch einen Zuruf zu warnen, eine plötzliche Bewegung hätte das Boot zum Kentern bringen können. Soviel hatte sie inzwischen von seinem Leben und Beruf gelernt.

In ihrer Angst um den Fischer ließ sie das sich selbst auferlegte Gebot, nicht zu singen, außer Acht. Sie stimmte ein Lied an. Die Krokodile hielten im Schwimmen inne und ließen sich zum Ufer treiben.

Arkano blickte ärgerlich auf, als er den Gesang Lilabos hörte. Da bemerkte er die Bewegung im Wasser, sah, wie die Bestien umkehrten und zum Ufer trieben. Er ließ sein Netz fahren und ruderte kräftig hinter den Krokodilen her, um Lilabo zu retten. Wie, das wusste er nicht, hatte er doch nur die Ruder als Waffen. Vielleicht würden die Krokodile ihn als Beute nehmen und Lilabo verschonen.
Wie aber staunte er, als er sah, dass die mordlustigen Ungeheuer sich friedlich in den Sand legten und gebannt dem lieblichen Singen zu lauschen schienen.
Lilabo sang unbeirrt weiter, bis Arkano sein Boot auf den Strand gezogen und - auf einen Wink der Prinzessin hin - sich weiter vom Fluss entfernt hatte. Lilabo folgte ihm singend, bis sie gewiss sein konnte, dass sie beide in Sicherheit und die Krokodile noch gebannt waren.
Arkano sah sie an. „Du hast mich gerettet!", rief er erstaunt.
Lilabo sah ihm tief in die Augen. „Ich liebe dich!", war alles, was sie zu sagen wusste.
Arkano nahm sie fest in die Arme. „Alles ist leichter jetzt. Wir haben eine Brücke gebaut."

Die Umarmung am Fluss hatte ein Diener beobachtet, er berichtete sogleich dem König. Der ließ seine Tochter zu sich kommen und fragte sie, was zu der Umarmung geführt habe.

Lilabo antwortete: „Die Krokodile wollten Arkano fressen, da habe ich sie mit meinen Liedern beruhigt. Arkano wollte mich retten und sein Leben für mich hingeben. Da habe ich erkannt, dass ich ihn liebe. Ich möchte ihn und keinen anderen zum Gemahl."

Der König war sehr gerührt, und da er seiner Tochter ungern etwas abschlug und zudem an Arkano selbst Gefallen gefunden hatte, stimmte er zu.

Als nach drei Monaten die prächtige Hochzeit angekündigt wurde, war auch der Prinz aus dem Nachbarland eingeladen. Als er pünktlich im Reich am Krokodilfluss eintraf, fragte er den König, warum seine Tochter nicht auf ihn gewartet hatte. Er hätte das Singen inzwischen erlernt. Der König sah ihn ernst an und sprach:

„Ihr beide wart töricht damals. Es gehört mehr zu einem gemeinsamen Singen als nur die schöne Stimme. Du wirst es erkennen, wenn am Hochzeitstag beide ihr Dankeslied anstimmen."